KB149130

우 주 에 서 나 를 부 르 는 소 리

천서 0.0001

②

문화영 지음

수선재

천서 0.0001 ②

1 판 1쇄 2001년 12월 6일
2 판 1쇄 2023년 1월 16일

지 은 이 문화영
펴 낸 곳 도서출판 수선재
펴 낸 이 장미리

출판등록 2022년 5월 30일 (제2022-000007호)
주   소 전남 나주시 한빛로61 111-1004
전   화 0507-1472-0328
팩   스 02-6918-6789
홈페이지 www.ssjpress.com
이 메 일 ssjpress@naver.com

ISBN 979-11-92926-38-4 04810
ISBN 979-11-92926-36-0 04810 (세트)

잘못된 책은 바꿔드립니다.
저자와 협의하여 인지는 생략합니다.

이 책을 읽는 분은 천수체(天壽體)입니다.

천서(天書)란 하늘의 기운인 천기(天氣)를 그대로 옮겨놓은 기록입니다. 따라서 이 세상을 지금까지 움직여 온 기본 원리이자 앞으로 움직여 나갈 방향이기도 한 것입니다.

천기란 천지창조의 모든 것을 담고 있으므로 이 천기를 통하여 우리가 살고 있는 이 세상의 모든 것을 비롯한 우주의 근본 원리를 알 수 있는 것입니다.

천기란 아무나 읽을 수 있는 것은 아닙니다. 또, 읽는다고 해서 그 내용을 전부 알 수 있는 것도 아닙니다. 인연이 아니면 읽었다고 해도 그 내용을 알 수 없으므로 누구에게 이야기 할 수 있는 것도 아닙니다. 말 그대로 천기이기 때문입니다. 인연이 되지 않은 사람에게는 저절로 잠겨지는 자물쇠가 들어 있는 것과 같습니다.

천서란 우주의 모든 것, 하늘의 모든 것, 인간의 모든 것을 기록한 글로서 이 안에서 인간은 아주 일부에 해당합니다. 그러나 그 일부는 전체를 대표하는 일부입니다.

모든 인간은 하늘과 하나가 될 수 있는 조건을 갖추고 태어났습니다. 이것을 어떻게 발견하고 실천하느냐에 따라 인간은 하늘과 동격이 될 수 있습니다. 하늘과 동격이란 천기에 대한 완벽한 이해와 일체화로 하늘과 하나가 되는 것입니다.

천서는 인연이 되지 않는 사람에게는 닿지 않을 것입니다. 하늘과 인연이 있는 사람을 우리는 천수체(天壽體)라고 합니다.

이 책을 접하였다면 당신은 천수체입니다. 천수체는 하늘과 하나가 될 수 있는 인연의 씨앗을 자신의 내부에 가지고 태어난 사람입니다. 즉 하늘의 말씀을 받고 그것의 실행을 통하여 자신도 하늘의 대열에 합류할 수 있는 사람입니다.

누구나 그런 것은 아닙니다. 지금까지의 생(生)의 모든 것을 종합하여 판단한 결과 가능성을 인정받고 선택받은 사람이 하늘로부터 받은 혜택의 결과입니다.

이 책을 펴낸 수선재(樹仙齋)는 천수체들이 이끌어 가는 모임입니다.

우주의 목적은 진화이며 가장 근본적이고 원천적인 진화는 영적(靈的)인 진화입니다. 인간이 하늘의 뜻을 알고 이것을 실행할 때 자신이 우주의 구성원이 되어 자신의 역할을 수행할 수 있음을 알 수 있습니다.

우주의 원리를 이해하고 이것을 자신과 일치시켜 나가려는 노력은 우리가 전설로만 듣던 많은 선인들의 자취를 따라 완성의 길을 갈 수 있는 가능성을 열어줄 것입니다. 이 길은 금생(今生)에 인간으로 태어나 걸어볼 수 있는 최상의 길이며 인간으로서 태어난 가장 큰 보람을 가질 수 있는 길입니다.

이 책은 인간이 물질로서 극복하지 못한 모든 문제에 대한 해답을 제시합니다.

이 책을 접한 당신은 천수체입니다.

이 책이 나올 수 있도록 도움을 주신 모든 분들께 감사드립니다. 특히 이 책을 엮은 장미리 팀장님과 도서출판 수선재의 백호현 사장님을 비롯한 출판사 식구 여러분에게 감사의 말을 전합니다.

2001년 11월 17일 수선대에서

문화영

하늘이 내려온 곳, 수선재

수련… 본성에 닿고자

1장. 수련… 본성에 닿고자

2장. 정(情)공부

3장. 몸을 교재로 공부하는 수련생들

천서(天書)라는 것은 현재 지구의 어느 곳에서도 들을 수 없는, 그뿐만이 아니라 지구의 역사상 처음으로 직접 전달되는 조물주님의 음성입니다. 조물주님의 음성이 지금 이 시대에 수선재를 통하여 직접 전해지는 뜻을 깊이 새기시고 다 같이 수련에 임해 주시기를 간절히 부탁드립니다.

0.0001
선계를 알고 싶다

1장
0.0001 선계를 알고 싶다

파장, 우주의 언어

파장이란 선계의 존재 방법이며, 우주의 모든 것을 확인하고 그것을 내 것으로 하여 깨우침을 받을 수 있는 가장 직접적인 수단이다.

이 수단을 통하여 인간과 선계의 교류가 가능하며, 따라서 이 수파법(受派法: 파장을 받는 방법)은 인간이 선계를 확인할 수 있는 가장 직접적인 수단이고, 이 수파법의 완성은 인간이 신이 되는 방법이라고 할 수 있다.

인터넷이 WWW(world wide web)를 통하여 모든 것과 통하듯 우주는 파장을 통하여 모든 것을 공유한다. 파장은 우주의 근본 구성요소이자 우주의 존재를 알리는 방법이므로 파장을 통하여 우주가 존재함을 알 수 있게 된다.

인간이 우주의 파장을 알아내는 것은 불교에서 불경을 통하여 깨우치는 교종과 참선을 통하여 깨우치는 선종의 차이처럼 인간이 그동안 만들어 놓은 학문적, 실증적 자료를 통하여 확인하고 연구하는 방법과 호흡을 통하여 직접 확인할 수 있는 수련으로 알아내는 방법이 있다.

이 두 가지 방법 중 책을 읽고 연구하여 알아내는 방법이 필요하기는 하나 이러한 방법은 후학들이 호흡의 효능에 대하여 알지 못할 경우 가르쳐 주는 교재로 사용하기 위하여 좋은 방법이라고 할 수 있으며, 한 걸음 한 걸음 걸어서 계단을 올라가는 것으로 설명할 수 있다.

그러나 호흡을 통하여 선계의 파장을 직접 받는 방법은 앞의 방법을 뛰어넘어 순식간에 모든 절차를 초월해 나가는 것으로서, 이 방법은 수련을 통하여 깨달음을 내 것으로 하고 그것에 일치하고자 하는, 인간을 비롯한 우주의 모든 존재들이 가장 선망하는 방법인 것이다.

이 길을 알려주는 가장 기본적인 방법이 바로 호흡이며, 가장 가까이 있고 그것을 깨닫는 즉시 내 것이 될 수 있음에도 모든 존재들이 멀리에서 방법을 찾음으로 인하여 허구 많은 세월을 통하여 수 생을 환생하면서도 찾아내지 못하고 있는 것이다.

우주는 인간으로 내려온 선인들과 선인이 되고자 하는 인간들에게 이러한 방법을 기본적으로 몸에 갖추도록 하였으며 따라서 인간의 형상을 하고 있는 동안 이러한 방법이 가능하도록 하여 놓았음에도 인간의 우둔함이 이를 깨우치지 못하여 수련에서 멀어져 있는 것이다.

파장을 받는 가장 기본적인 조건은 인간이 가지고 있는 감정의 틀에서 벗어나 이성의 파장으로 들어가고, 그 이성의 파장을 넘어 '알파 1'의 가장 근저를 이루고 있는 파장에 도달하였을 때 읽을 수 있다.

심해의 기저를 이루고 있는 층에는 우리가 상상할 수 없는 많은 것들이 있듯이 현실 공간에서 찾아낼 수 있는 것은 눈에 보이는 것뿐인 것이다. 허나 인간의 눈에는 보이지 않는 것들이 훨씬 더 많으며 보이는 것과 보이지 않는 것의 비율은 1:99 정도로서 안 보이는 것이 훨씬 더 많은 것이다.

보인다는 것은 인간의 시각으로 감지할 수 있는 것들인바 가시광선으로 일컬어지는 것으로서 이것의 한계는 너무나 분명한 것이다.

그러한 과정을 밟아 익혀 내 것으로 만들기 전에 들어오는 파장은 잠시 스쳐 지나가는 파장으로서 이 파장으로는 깨달음에 다가간다기보다는 속세에서 순간적인 사용이 가능한 정도에 그치는 것이다.

파장을 구하는 사람이 먼저 입선(入仙: 선계에 들어감)하게 되며, 이 입선으로 윤회의 사슬에서 벗어나게 된다. 파장은 인간의 몸으로 읽을 수 있으며, 이 파장의 힘으로 신의 경지에 올라가는 것이니 우주의 근본적인 원리를 어지럽히지 않는다면 가능하지 않은 것이 없는 것이다.

기안(氣眼)을 열고 이 기안의 숙련으로 파파(破派: 파장을 깸)를 하여 모든 것을 분석해 읽어 낼 수 있게 되기 전에 감히 파장을 언급한다는 것은 어불성설이다.

선계는 완전 기적공간

인간이 죽어서 가는 곳은 한두 곳이 아니다. 인간이라고 해서 다 인간이 아니며 인간다운 인간이 있고 인간보다 나은 인간이 있으며 인간보다 못한 인간이 있다. 이들끼리도 수많은 등급이 있어 각자 그들의 위치에 맞는 곳으로 가게 된다.

수련으로 영급이 높아진 사람들은 바로 우주 본체에 도달할 수 있으나 수련 수준이 흡족치 못하여 우주 본체에 도달하기 어려운 수준의 사람들은 그보다 훨씬 못한 경지에 도달하게 된다.

우주공간은 광의의 개념으로 보면 전체가 우주공간이나 협의로 보면 완전 기(氣)적인 공간과 불완전 기적인 공간으로 구성되어 있다고 볼 수 있다.

완전 기적공간(완기공간)이 선계이며, 이 곳은 곧 조물주의 공간이기도 하다. 모든 것은 전혀 질량이 없으며 속도, 이동량 등이 거의 무제한이라고 할 수 있다. 허나 원칙적인 부분이 반드시 지켜지며, 이 범위를 벗어나는 일이 없다.

불완전 기적공간(불완기공간)은 선계 이외의 공간으로서 이 곳에서는 지속적인 진화를 통해 선계를 지향하는 수많은 영체들이 윤회를 거듭하는 곳이다.

이진사(토정 이지함 선인의 조부)가 간 누하단, 천웅각은 우주 본체의 한참 아래에 있으며 지상이 우주공간이라면 지하 3층 정도라고 할 수 있다. 진이(토정 이지함 선인의 부친)가 갔던 천상각 역시 이 곳에 있다. *

* 수선재 홈페이지에 연재중인 실화소설, 「선인(仙人), 토정 이지함」에 나오는 내용입니다.

이 곳에서도 할 수 있는 일들이 많이 있으나 주로 훈련 과정이다. 이 곳에는 나름대로 깨이기는 하였으나 수련 부족으로 기적으로는 완전한 탈바꿈이 되지 않은 상태의 인류들이 간다. 이 곳에 누하단, 천웅각 등 수천 개의 건물들이 있으며 이 곳에서 선계(우주)로 바로 가는 비율은 1% 이하이다.

이 곳의 건물들은 모두 기적으로 구성되어 있으나 이 기적인 건물의 강도는 지상의 가장 강한 고체 이상의 강도가 나오는 정도이다. 허나 공간에서 무게가 없으며 따라서 그 무게를 지탱할 필요가 없으므로 어느 공간에나 설치가 가능하다. 허나 이동이나 설치에는 능력에 의한 제한이 따르며 그 제한의 범위를 능가할 수 없다.

이 곳의 건물의 이름은 사람마다 들어가는 입구가 거의 다를 정도로 다양하므로 기억한다고 해서 자신과 연결이 될 것이라고 볼 수는 없다. 자신만이 들어갈 수 있는 문이 따로 있으며 이 문은 수련 수준으로 결정된다.

호흡수련으로 정기를 받아들여 자신의 기적인 부분을 증가시켜 놓는다면 선계 입적이 가능할 수 있으나 그렇지 않다면 완기공간으로 들어가는 것이 불가하다고 할 수 있다.

인간이 사용할 수 있는 완기공간으로 들어갈 수 있는 방법 중 가장 적중률이 높은 것이 호흡이며, 호흡으로 인해서만이 인간은 선인이 될 수 있다. 의식은 보조 수법이며, 의식만으로는 불완기공간으로 들어갈 수밖에 없다.

수선재는 완기공간과 연결되어 있는, 우주에서도 몇 안 되는 정법 수련 단체이며, 이 수련에 든 사람들은 타인이나 타 단체의 현혹에 휩쓸리지 않고 정도(正道)를 걸을 것을 명한다.

정도, 즉 스승이 지도하는 대로 지속적인 호흡수련으로 갈 수만 있다면 자신의 금생의 보람을 영원의 세계에서 얻을 수 있을 것이다. 허나 호흡 수련의 무미건조함을 이기지 못하여 이탈한다면 최선의 결과를 장담할 수 없다.

천서 0.0001 (허준 선인과의 대화)

– 천서를 잘 받으려면 어떠한 방법이 좋겠는지요?

천서란 파장을 받는 것입니다. 파장은 우주의 모든 것과 교류할 수 있는 방법이며, 이 파장을 통하여 인간이 선인이 될 수 있는 것입니다. 선인이란 파장으로 대화를 하며 파장으로 만물을 다스려 나가는 것입니다.

파장이란 모든 것과 통할 수 있는 방법이며 만물의 근원이기도 한 것입니다. 이 파장으로 색깔이 구분되며 동물과 식물과 무생물과 생물이 구분되는 것입니다.

인간이 다른 동물과 다른 이유 역시 파장을 사용할 줄 아는 것에서 연유하며, 파장을 사용할 줄 알므로 선인이 될 수 있는 것입니다.

선인이란 다름 아닌 파장으로 모든 것을 행하는 진화된 인류이며 진화의 단계에서 몸을 가진 최후의 것이 바로 인간인 것입니다. 물론 우주에는 수많은 인류가 있습니다. 이 인류들은 전부 파장을 사용하며 파장의 사용 정도에 따라 진화의 단계가 구분되는 것입니다.

인간이 우주에서 받은 혜택 중 가장 큰 혜택이 바로 파장을 사용할 수 있는 경지에 오른 것이며 이러한 이유로 선인들에게 선택되어 수련을 할 수 있도록 되는 것입니다.

선인들과 교류할 수 있는 가장 기본적인 것이 천서를 받는 것이며 천서를 받음으로써 인간의 파장 대역이 넓어지고 세밀해져서 선인들의 파장을 받을 수 있도록 되는 것입니다.

선인들이 사용하는 파장은 아주 굵고 긴 파장에서 아주 가늘고 긴 파장에 이르기까지 다양합니다.

굵은 파장은 굵기가 은하계가 속한 우주를 통째로 집어넣어도 차지 않을 만큼 굵으며, 가는 파장은 인간의 머리카락을 수천만 가닥으로 갈라 놓은 것을 다시 수천만 가닥으로 갈라 놓아도 또 수천만 가닥으로 갈라 놓을 수 있을 만큼 미세한 것입니다.

이 중 천서를 받음으로써 인간이 다가설 수 있는 파장은 굵은 손가락 굵기에서 명주실의 1,000분의 1 정도에 이를 만큼 가는 파장이라고 할 수 있습니다. 이 정도의 파장은 선인들과 기본적인 대화를 나눌 수 있는 파장으로서 이 파장만 익혀도 어느 정도는 대화가 가능한 것입니다.

기본적인 대화 수단을 익히고 나면 점차 대화의 길이 강화되면서 가느다란 파장으로 연결되도록 되어 있습니다.

이 파장을 받는 방법은 처음이 어렵지 나중에는 쉽게 되는 것이며 파장을 받는 방법을 알고 나면 그 외의 모든 것이 가능한 것입니다.

파장이란 수련의 처음이자 끝이며 파장을 받게 되고 나서 인간으로서의 수련은 제 2단계로 들어가는 것입니다. 2단계에서 천서를 받고 나면 천서의 다음 단계인 선인과의 대화로 옮겨가게 됩니다.

최초의 천서는 자신과의 대화이며 여기서의 자신은 금생의 바로 전의 자신이 됩니다. 따라서 아주 깊은 지식을 가진 선인들과는 통하지 아니하는 것이며, 1차원적이고 주변적인 것들을 읽을 수 있도록 되는 것입니다.

이러한 과정이 끝나고 나면 2차원적, 3차원적, 4차원적인 것들을 읽을 수 있도록 되는 것이며 이러한 과정을 거쳐서 우주와 만나는 것입니다.

파장은 우주의 스케줄(허준 선인과의 대화)

– 파장을 잘 받으려면 수련 이외의 다른 방법이 있는지요?

파장을 잘 받도록 하는 일은 본인이 하여야 할 부분이 많습니다. 본인이 할 수 있는 일이란 바로 수련을 열심히 하는 일입니다. 수련이란 자신을 갈고 닦는 일로서 자신을 열심히 갈고 닦아 자신이 안테나가 되도록 하는 일입니다.

인체란 바로 스스로 안테나의 역할을 할 수 있도록 구성되어 있으며 어느 부분에서 어느 파장을 받는가에 따라 개개인의 역할이 달라지는 것입니다.

인간은 누구나 자신이 알고 있는가 모르고 있는가의 차이가 있을 뿐 우주의 파장을 받고 있는 것이며 파장에 의해 조종되고 있는 것입니다.

파장은 바로 우주의 스케줄이며 이 스케줄에 의해 각 개인의 인생이 결정되는 것입니다.

이러한 과정에 있으면서 개개인이 할 일을 스스로 모르고 있는 경우 이 과정을 알도록 하는 방법이 있는바 이것이 바로 수련이며 수련으로 인하여 인간은 선인이 될 수 있는 것입니다.

선인은 우주의 파장을 생산하고 받아들이며 이러한 과정을 통하여 우주의 질서를 잡아 나가는 역할을 하시는 분들입니다. 우주의 질서란 바로 우주의 모든 기운이 가야 할 곳으로 가는 것이며 기운이 가야 할 곳이란 바로 우주의 기운이 부족한 곳입니다.

우주의 기운 역시 지구상의 기압과 같이, 강한 곳에서 약한 곳으로 불어 가는 바람처럼 항상 많은 곳에서 적은 곳으로 기운의 이동이 있는 것입니다.

기운의 이동을 사전에 알아서 대비할 수 있다면 인간으로서 자신의 할 바를 스스로 알아서 하는 것이라고 할 수 있으나 기운이 닥쳐온 후에야 행동한다면 때에 맞추어 자신을 갈고 닦을 수가 없는 것입니다.

이렇게 우주의 기운이 가는 방향을 알고 이러한 조류에 맞추어 행동하는 것이 바로 선인이며 나아가 이러한 기운의 과부족을 지정하고 기운이 움직이도록 하는 것이 바로 선인인 것입니다.

모든 인간은 이러한 기운의 이동을 감지할 수 있는 장치를 가지고 있으나 스스로 이러한 장치의 가동을 막고 있으므로 장치가 가동될 여유가 없는 것입니다.

따라서 인간들이 스스로 이러한 장치가 가동될 수 있도록 하는 방법은 이러한 장치가 제 기능을 다할 수 있도록 지속적으로 갈고 닦는 것인바 이러한 과정의 가장 기본은 자신의 몸을 갈고 닦는 것입니다.

인간이 자신의 몸을 갈고 닦음을 소홀히 한다면 그 이상의 어떠한 것도 바랄 수 없으며 그보다 더 큰 일은 더욱 바랄 수 없게 되는 것입니다. 그만큼 건강은 중요한 것이며 건강을 지키기 위한 노력은 생활 이상의 의미, 즉 우주의 한 부분으로서의 역할을 다한다는 의미가 있는 것입니다.

기운이란 땅에서 식물로, 식물에서 동물로, 동물에서 인간에게로, 인간에게서 다시 땅으로 돌아가는 순환체계를 이루고 있는 것이며 이러한 순환체계의 어느 한 과정에서 장애가 생긴다면 기운이 원활히 소통될 수 없게 될 것입니다.

기운의 원활한 소통은 인체의 내부에서도 역시 마찬가지인 것입니다.

묵언, 자신을 향한 대화

– 묵언의 참뜻은 무엇이며, 왜 묵언 수련을 하여야 하는지요?

묵언(默言)이란 외기 발산을 자제함으로써 자아를 발견할 수 있는 가장 좋은 수련 방법이며, 자신을 돌아보는 것이다. 출고된 차량이 정비소에 들어가서 완전히 분해소제를 하는 것에 비유할 수 있다.

무릇 언행은 밖을 향하는 것이요, 아무리 겸손해도 역시 자신을 밖으로 나타내는 것이다. 따라서 밖으로 나가는 기운을 억제하여 내부로 향하도록 하고 그 내부로 향하는 기운으로 자신을 살펴볼 수 있는 방법이 바로 묵언인 것이다.

묵언중에는 모든 것이 자신의 내부로 향하므로 자신의 내부에서 자신에 관한 모든 것을 찾아낼 수 있게 된다. 자신에 관한 모든 것을 찾아내는 것은 앞으로 수련을 함에 있어 가장 중요한 것이다.

본인의 모든 것을 찾아낼 수 있는 기간은 수련생 개개인에 따라 다르나 6개월에서 수년 간까지 다양하다. 일반적으로 자아발견의 시초는

1주일에서 10일이면 가하나 이 경우 연속되는 과정은 반드시 필요한 말 이외에는 절대로 삼가야 한다.

하루의 금언(禁言)으로 자신의 내부로 향하던 기운이 말 몇 마디에 다시 외부로 향하는 경우도 있음은 금언 수련의 어려움을 말해주는 것이다. 허나 1주일이 지나면서 급속히 기운의 내향(內向: 안으로 향함)이 고착되어 점차 불편함이 없이 수련을 할 수 있게 된다.

집중하여 정진한다면 우주를 터득하는 가장 빠른 길이 될 수 있는 방법이 바로 묵언이며, 이 묵언 수련에 숙달되면 내부의 감각이 예민해져서 우주의 파장을 읽어낼 수 있으므로 텔레파시가 가능하게 된다. 공간에는 우주의 다양한 파장이 존재하며, 이 파장을 읽어내기 위하여는 자신의 파장을 낮출 수 있어야 하는바 파장 저하에 상당히 효율적인 방법이다.

＊2001년을 묵언 수련의 해로 정하고자 합니다.

우주에서의 수련

* 저의 어머니께서 향천(向天)하신 지 1주기가 되는 날을 맞아 그간의 행적이 궁금하여 찾아보았습니다.

선계 하단 무변대에서 입정(入定)에 들어 계시다. 사방에 구름 같은 안개가 군데군데 끼어있는 상태에서 홀로 앉아 계시며, 멀리 4~5명 내외의 다른 분들이 드문드문 앉아 있는 것이 보인다. 이들 역시 수련에 들고자 준비중인 분도 있으며 수련에 든 분도 있다.

어머니께서는 완벽한 입정 상태로서 움직임이 없어진 지 7~8개월 이상 된 것으로 보인다. 옷에 검정색의 먼지 같은 것이 여기 저기 묻어 있어 가만히 살펴보니 장기 수련 시 옷에 내려앉는 우주기의 결정체로서 수련생이 평정 수련에 들어 장기간을 보낼 경우 내려앉는 우주 이끼이다.

이끼처럼 보이는 이것은 우주기가 농축된 것으로서 수련 과정을 증명해주는 것이며 선인들이 이것으로 수련 실적을 평가한다.

어머니께서는 몸에 우주 이끼가 끼일 정도로 조금의 움직임도 없이 앉아서 마음의 평정을 유지하고 계시며 우주 이끼의 흡착 상태 역시 양호하다. 이러한 상태는 상당히 어려운 단계로서 이러한 평정 상태가 속세의 시간으로 100여 년 이상 깨지지 않을 경우 그 이후에는 수백 년에서 수천 년까지 이러한 상태의 유지가 가능하며 우주의 중심부로 바로 깨고 들어가는 방법이다.

현재까지 평정이 깨지지 않은 상태로 잘 유지되고 있다. 약간만 움직이거나 평온이 깨지면 우주 이끼가 순식간에 공간으로 사라지므로 옆에서 보기만 하여도 그 시작점과 현재까지의 상태, 그리고 수련의 진전 상태를 확인할 수 있다.

우주의 중심에는 우주의 모든 진화에 기준이 되는 기준점이 있어 모든 선인들이 이 기준점을 행동의 기준으로 삼고 있는바 이 기준점은 절대로 흔들리지 않는다. 따라서 0.0000000001 마이크론의 움직임도 상당히 크게 느껴지는 곳인바 이 곳을 한 번 거치는 것은 선인들의 기본 과정이다.

이 곳에 접근하는 방법은 어머니께서 지금 하고 계시는 입정을 통한 평정 수련을 수천 년 간 지속함으로써 본인 자신이 그 기준점에 일치되는 것인바, 어머니께는 누군가(아마도 천강 선인인 듯 하다.)가 그 방법을 파장으로 알려드린 것 같다.

이 상태에서는 누가 무슨 말을 해도 들어서는 안 되고 들리지도 않으며, 에너지를 섭취하지도 않고 쉬지도 않는 상태로 상당 기간을 가게 된다. 이 기간이 끝나면 선계로 등극하실 것으로 보인다.

이러한 방법은 인간의 기준으로는 시간이 많이 걸리는 것 같으나 영체가 선인이 되는 가장 빠른 길이다. 단순히 영체로 있을 때는 의식이 없으므로 생각 없이 행동하는 아이들과 같아 움직이면서도 진화가 되지 않으나, 의식이 있을 경우 생각을 하면서 몸을 가벼이 움직이지 않는 것과 같아 진화가 가능하다. 진화의 가장 바람직스러운 결과는 선인화(仙人化)이다.

이 수련 상태에 들었을 경우 옆에 가는 것조차 삼가는 것이 주변 사람들의 도리이다. 따라서 대화를 시도하는 것은 본인의 수련에 결정적인 방해가 되는 것이며 우주 최악의 결례가 된다.

사방 10여km를 방파막으로 둘러 파장의 접근을 금지토록 하였다. 방파막은 가로 세로 10km에 높이 8km 정도의 얇은 천으로 되어 있는 막으로서 어떠한 파장도 통과할 수 없는 절대 고요의 상태를 만들어 드리는 막이다.

이 막으로 전후좌우와 아래의 다섯 면을 두르고 윗부분만 남겨놓아 천기를 받을 수 있도록 하며 바닥에는 어머니의 바로 아래 2km 정도에 직경 2cm 크기의 통기구만 남기고 봉쇄하여 타 파장이 어머니에게 영향을 미치지 않도록 하여 드렸다.

이 방파막은 어머니께서 앉아 계시는 무변대에 중첩 설치되며 좌우로 5km, 아래로 2km 정도 위치에 설치하여 어머니의 주변을 둘러 싸고 있다.

둘러싸는 과정에서도 절대 파장이 일어나면 안 되므로 높은 수준의 선인(천강 선인 정도)이 파장을 발생치 않기 위해 미동도 하지 않고 설치하여야 한다. 방파막은 평정 수련에 든 영체에게 온 우주를 통틀어 가장 큰 선물이다. (2001년 8월 22일 오전 8시 26분, 이상 없이 설치 완료하였다.)

* 선인이 되는 길은 수련을 통하여서만 가능하나, 살아 생전의 업적이 뛰어나거나 수준 높은 선인의 마음을 일으켰을 경우 이 같은 방법으로도 가능합니다. 허나 이런 기회를 얻는 것은 수만 년에 한 번 있을까 말까 한 매우 드문 일이므로 수련을 통한 일반적인 방법을 권장하는 것입니다.

사후의 세계에서 선인이 될 수 있는 가장 빠른 방법을 알려드린 것이며, 이번 기회에 다 같이 향천하신 가족의 진화를 생각하는 계기가 되었으면 하는 바람에서 공개한 것입니다. 수선재 가족의 향천하신 조상분들에 대한 천도는 수선재의 기반이 잡히면 그 때 한꺼번에 생각해 보고자 합니다.

선계의 가족

선계의 가족 구성 역시 인간계의 가족과 다름이 없는 경우와 인간계의 가족과는 전혀 다른 구성을 보이는 경우가 있다.

모든 인간의 본성은 결국 우주이며 이 우주에 도달하면 모두 하나가 되므로 가족의 개념이 없다. 하지만 인간의 본성을 만나 일체가 되기 전까지는 나름대로 기운으로 도움을 주고받을 수 있는 구성원들끼리 기운을 나누어주고 받아들이는 관계를 가지게 되며, 이러한 관계 속에서 직계와 방계로 구분되어 상호 관계를 가지게 된다.

이러한 관계는 영계나 선계에 진입하였으나 아직 본성에 도달하지 아니한 단계에서 기운의 보충이 필요한 상태에서의 일이며, 모든 기운이 보충되어 완성에 이르게 되면 필요 없다고 할 수 있다.

허나 이례적으로 8단계 이상에서 가족을 구성하여 자손을 두는 경우가 있을 수 있다. 극히 드문 예이지만 지상의 수련생들의 수련을 효과적으로 돕기 위한 방편으로 해당 별에 대리자를 파견할 때는 이 방법을 사용하는 것이다.

선계를 1~10단계로 구분한다면 1단계에서 8단계까지는 상호간에 인연이 필요한 단계이며 9단계 이상은 상호간의 관계가 필요 없는 단계이다. 따라서 8단계까지는 상호간의 관계가 필요하며 9단계 이상이 되면 독립적으로 설 수 있게 되는 것이다.

8단계 이하에서는 상호간의 인연이 필요하게 되므로 이러한 기운의 필요성에 따라 자연스레 관계가 설정된다. 기운을 주는 사람이 직계 존속이 되며 기운을 받는 사람이 직계 비속이 되고, 이 기운을 동일 계열의 옆줄에서 주되 아래로 주면 삼촌격이 되는 것이다.

전혀 다른 계열에서 기운을 주는 것은 사부가 되는 것이며, 전혀 다른 계열의 동일 항렬에서 기운을 받으면 사형과 사제가 되는 것이다.

2장
선계로 가는 길

선계수련은 타 수련과 어떻게 다른가?

선계수련은 깨달음으로 가는 수련이다. 기공을 포함한 대부분의 수련의 경우 단전을 통한 수련과 달리 신체의 전부를 통한 수련이므로 모든 사람들에게 적합한 것 같아도 건강에만 도움이 될 뿐 결코 깨달음으로 가는 수련은 아니다.

깨달음으로 가는 수련은 기(氣)와 단전을 이용하여 파장을 낮추고 낮아진 파장을 이용하여 우주의 기운에 연결됨으로써 보다 본래의 자신에게 가까이 다가갈 수 있는 것이다.

그러나 이러한 기법은 파장이 내려가는 것을 스스로 알 수 있는 초기 수련 시에는 타인과 비교가 되므로 자신의 진도를 알 수 있으나 파장이 어느 정도 내려가서 타인과 비교될 수 없는 경지에 이르면 스스로 자신의 진도를 느낌으로써 확인할 수 없으므로 지루함을 느끼게 되는 것이다. 이러한 경지를 잘 넘기면 다시 급속한 진전을 이루게 되는 것이나 이러한 과정을 잘 넘기지 못하면 다른 수련을 찾아서 방황하게 되는 것이다.

수련 단체를 이적하는 경우는 한 단체의 수련 과정을 모두 이수한 이후에 이적하는 경우와 한 단체의 수련 과정을 전부 이수하기 전에 지루함으로 인하여 타 단체로 이적하는 경우를 들 수 있다.

첫번째는 바람직한 경우라고 할 수 있으나 두번째는 수련을 완성하지 못하는 가장 큰 실책이라고 할 수 있다.

수련 단체의 이적은 특히 수련이 급속히 잘 되는 사람들이 인내심이 부족하였을 경우 종종 일어나는 것으로서 정상적인 수련 과정에서 일어나는 일부의 이탈 행위라고 할 수 있다. 이러한 행위가 발생하는 것 역시 잔여 수련생들에게는 시험이 되는 것이며, 이러한 시험을 무사히 통과하는 것 역시 또 하나의 과정이 되는 것이다.

유혹은 결코 이성이나 욕망으로 오는 것만은 아니며, 이러한 방법으로도 수련생들에게 다가오는 것이다. 가장 무서운 유혹은 유혹인 것을 알 수 없도록 다가오는 것이다. 이러한 수련상의 문제 역시 대다수의 수련생들에게 위협 요소가 될 것인바 수련 결과 자신의 본성과 만나는 것은 파장을 낮추는 것이 아니고는 불가능하다는 것을 알면 금방 해답이 나오는 것이다.

기공이나 대부분의 타 수련은 일정한 파장을 지속적으로 유지하도록 하는 동작을 거듭하게 되며, 이들 수련에서 필요한 파장은 베타 파장이고, 따라서 이 수련들은 지속적으로 베타 파의 생성을 유도하는 것이다. 허나 베타 파로서는 결코 자신을 만날 수 없으며, 수련이 더 이상 진전될 수 없는 것이다.

알파 파장의 중요성은 자신의 본성을 만날 수 있는 가장 직접적이고 중요한 수단이라는 데에 있으며, 이 알파 파를 찾기 위하여 우주기운을 이용한 단전호흡으로 파장을 낮추는 수련을 하는 것이다.

수련이 결코 쉬운 것이 아니고 어렵다는 것은 이러한 알파 파를 자신의 내부에서 지속적으로 발생케 함으로서 자신의 본성과 만나는 시간을 증가시키고, 종국에는 자신과 일체를 이루어 나가는 지루하면서도 머나먼 여정이라는 것 때문이다.

자신의 수련에 대하여 의문을 품은 사람은 다시 한 번 호흡을 통하여 알파 파장대에 진입하는가를 확인할 필요가 있다. 알파 파가 발생함으로써 본성의 그림자라도 본 적이 있다면 수련은 이미 급속도로 진전되고 있음을 말해주는 것이다.

소수의 이탈은 국민이라고 해서 전부 대통령이 될 수 없는 것과 마찬가지로 수련생들에게 있어 당연한 일인 것이다. 이러한 경우 반드시 선두 그룹에서 이러한 일이 발생하며 결국 깨달음에 다가갈 수 있는 것은 끈기 있게 수련에 정진하는 수련생 중에서 나오게 되는 것이다.

일상적인 단전호흡의 반복 수련을 지속적으로 하는 것은 매일이 동일한 것 같아도 수련에 있어 가장 중요한 것이며 이 과정을 거치며 수련을 완성하여 나가는 것이다.

기(氣)의 상인과 깨달음을 구하는 자

기계(氣界)에는 기의 상인(商人)과 기를 통하여 깨달음으로 가려는 사람들이 혼재한다. 이러한 부류 중 기의 상인은 기를 판매하여 자신의 이익을 챙기는 사람들로서 이들은 도인으로 위장하므로 일반인의 눈에는 절대 구별이 되지 않는다.

수련을 어느 정도 이상 한 사람들이 보면 구분이 되나 이것 역시 확실한 것이 아니고 긴가민가한 정도의 구별인 것이다.

따라서 기의 세계에서는 모든 것이 불명확할 수 있으며 판단의 기준은 스승의 수련 방법과 마음공부에 미치는 영향이 얼마만큼 올바른가에 달려 있다고 할 수 있다. 어느 단체를 막론하고 뜻을 펼 때는 타 기운에 영향을 받으며, 이 영향은 긍정적으로만 오는 것은 아니다. 부정적으로 오는 경우가 더 많다.

선계수련의 목적은 오직 깨달음을 찾아 본래의 자신을 찾아가는 것이며, 이 과정에서 오는 유혹은 여러 가지가 있는 것이다. 나의 내부로부터 오는 유혹, 나의 외부로부터 오는 유혹, 그 두 가지가 함께 오는 유혹 등 다양한 유혹이 있으며 그러한 장애를 이기고 넘어가지 못한다면 결국 선계수련은 은밀히 전수되는 형태를 띠게 될 것이다.

이 수련의 목적은 기의 상인처럼 이익을 추구하는 것이 아니며, 자신의 길을 찾아가는 안내자가 되고자 하는 것이다. 따라서 스승은 동료이자 선배이며 하늘이 아닌 것이다. 하늘은 오직 자신만이 될 수 있을 뿐 누구도 불가능한 것이다.

수련으로 오는 장애는 오직 수련을 중단하도록 하는 데에 집중되며 이러한 목적을 달성하기 위하여 수단과 방법을 가리지 않는 경우도 많다. 이러한 수단 중에는, 속세에서 가장 비열한 방법이 가장 선한 방법으로 위장하고 들어오기도 하며 이 위장을 간파해 내지 못한다면 상대방에게 패하는 결과를 초래하게 되는 것이다.

상대방이라 함은 음(陰)의 기운을 가진 단체들이 출기(出氣)하는 기운이다. 선계수련은 양지를 추구하는 기운이며, 욕망을 버리고자 하는 수련법이다.

지상에서의 욕망은 두 가지가 있다. 하나는 타인을 위한 욕망으로 수련이 이것에 해당된다. 또 하나는 자신을 위한 욕망이니 이 자신을 위한 욕망이 성숙하여 타인을 위한 욕망으로 변하면 가장 좋은 것이다.

따라서 어떠한 욕망이든 자신을 위하는 욕망에서 타인을 위하는 욕망으로 변하게 되며, 이러한 과정이 없으면 자기 자신마저 지킬 수 없게 되는 것이다.

선계수련 역시 어느 순간에 나를 위한 욕망을 타인을 위한 욕망으로 전환시킬 것인가에 그 중점이 있다. 이 순간은 어느 정도 수련이 된 이후 자신의 기반을 조성하고 나서 모든 것을 버릴 정도에 이르렀을 때 가능한 것으로서 모든 깨달음을 찾아가는 사람들이 겪어야 하는 것이다. 유혹은 버려야 할 것이 있는 반면, 함께 겪으며 고통을 나누어야 하는 경우도 있다.

우주의 형상, 팔문원(허준 선인과의 대화)

무엇보다 중요한 것은 수선재의 수련이 상당한 난이도를 가진다는 사실입니다. 하지만 이러한 과정을 거치면 선인이 될 수 있다는 것입니다.

선인이 되는 길은 그리 가벼운 길이 아닐뿐더러, 쉽게 될 수 있다면 그것은 속(俗)에서나 사용할 수 있는 가치가 없는 선인일 뿐입니다.

선계수련은 자신의 기운을 키워서 강하게 하고 강한 기운을 이용하여 자신의 모든 업(業)을 풀어내는 수련으로서 이 수련의 가장 기본이 되는 것은 호흡을 통한 기운의 배양과 더불어 파장을 낮추는 것입니다.

집중이 되고 안 되고는 자신이 스스로 더 잘 알 것입니다. 이 집중도를 높여 가는 것만이 수련 단계를 높일 수 있는 방법입니다.

팔문원(八門圓)을 앞에 그리는 것은 처음에는 상상력의 소산입니다. 하지만 나중에는 자신의 기운으로 된 팔문원이 앞에 형성되는 것이며 이 팔문원이 자신의 감각에 느껴질 것입니다. 이 단계에 오면 이미 상당한 수련 경지에 올랐다고 할 수 있습니다. 즉 대주천을 완전히 자신의 것으로 만들 수 있는 것입니다.

최초 대주천이라 함은 외부의 기운 즉 천기와 연결이 되었음을 나타내주는 것으로서 천기를 스스로 사용할 자격을 갖는 것입니다. 하지만 대주천의 중간 단계를 넘어가면 천기(天氣)로 구성된 선계의 물건을 형성할 수 있게 되는 것입니다.

팔문원은 우주를 대신하는 징표이므로 이 팔문원에서 나오는 기운은 바로 천기 그 자체이며 천기를 이용하여 자신의 건강을 지키는 것입니다. 의념으로 팔문원을 만들 수 있음은 이제 서서히 자신의 의념을 형상화할 수 있음을 뜻하는 것으로서 수련에 있어 중급으로 넘어가는 것이라고 할 수 있습니다.

상상력은 곧 자신의 생각의 범위를 말하는 것으로서 이 범위 내에서 문제를 해결하려는 것은 항상 한계에 부딪칠 수밖에 없습니다. 따라서 자신의 상상력의 한계를 넘어갈 수 있음은 곧 수련 시의 파장이 지속적으로 뻗어나가 언젠가는 선계에 닿을 수 있음을 말해주는 것입니다.

이러한 의념으로 형체를 형성하는 모든 수련의 기본이 바로 의념으로 어떠한 물체를 만드는 것인바 이것은 반드시 크거나 대단한 것을 만들 필요가 없습니다. 또 지상의 물건은 크기와 용도가 정해져 있는 것이나 선계의 물건은 어떠한 용도에 쓰건 항상 적합하도록 되어 있습니다.

– 팔문원은 언제부터 만들어졌던 것인지요?

인간이 세상에 태어나기 전부터입니다. 지구의 모든 것은 8로 통한다는 것입니다. 8은 4의 곱으로서 인간의 모든 것은 주로 4로 표현되어 왔으며 이 4를 다시 보강하는 것은 8입니다. 8을 이해하면 전부 이해한 것으로 알 수 있으며 선계의 개념으로 8 다음은 원이 되는 것입니다.

원은 곧 우주로서 이 우주의 바로 아래가 8인 것입니다. 8은 인간으로서 다가갈 수 있는 가장 완성된 숫자이며 따라서 숫자상으로 이보다 많아도 의미로는 더 이상 있을 수 없는 것입니다.

8은 완성에 가까운 숫자이며 9는 오히려 이보다 부족함이 있는 숫자라고 할 수 있습니다. 따라서 수선재의 로고가 8문원으로 되어 있는 것은 그 자체로서 가장 우주의 모습에 다가갈 수 있다는 것입니다.

하늘 기운을 당기는 방법(허준 선인과의 대화)

– 수련중 기운이 약할 때는 어떤 방법이 좋은지요?

기운이란 당시 수련생들의 상태를 말하는 것입니다. 일단 안테나가 연결된 이후에는 수련생들이 열심히 끌어다 쓰는가, 아닌가에 따라 기운이 강하고 약한 것이 결정되는 것입니다. 아무리 주변의 상황이 나빠도 수련생 3명이 하늘 기운을 당기면 오도록 되어 있습니다.

선생이 기운을 보내주는 것은 생선을 잡아서 먹이는 것이며 기운을 당길 수 있도록 연결시키고 방법을 일러주는 것은 생선을 잡는 방법을 알려주는 것과 같습니다. 선생은 답을 알려주는 것이 아니라 푸는 방법을 알려주는 것이며 이 푸는 방법을 알고 따라가는 사람이 성공하는 것이고, 푸는 방법을 아무리 알려주어도 풀어내지 못하는 사람은 수련에서 성공하기 어려운 것입니다.

수련이란 자생력을 키우는 것이며 스스로 우주에서 서는 것을 알려주는 것입니다. 선생이 집어다 주어서 기운을 가진들 자신의 기운이 아니며 선생의 기운인 것입니다. 선생이 기운을 당겨다주는 것은 한두

번으로 끝내야 하는 것이며 제자들이 알아서 행함으로써 자신의 기운을 강화하고 이 강화된 기운을 통하여 선계로 가야 하는 것입니다.

하늘은 스스로 돕는 자를 돕습니다.

공부란 자신을 위해서 하는 것이며 남을 위해서 하는 것이 아닌 것입니다. 선생이 되어야 남, 즉 제자를 위한 수련을 한다고 할 수 있는 것이며 수련생의 입장에서는 자신을 위하여 수련을 하는 것입니다.

수련을 열심히 하고 못하고는 자신을 위하여 얼마나 열심히 살고 있는지 아닌지를 말해주고 있는 것이며 자신을 위하는 마음이 없는 사람이 남을 위하여 열심히 살 것이라고 생각할 수는 없는 것입니다.

우주란 철저히 자신의 것을 자신이 챙기는 것을 기본으로 하며 이것이 우주의 도리인 것입니다. 선인이 되어서 자신의 몫을 챙길 수 없다면 타 선인에게 결례가 되므로 이러한 생각을 가진 사람은 선인이 될 수 없을뿐더러 선인이 되었다 하더라도 다시 자격을 상실하게 되는 것입니다.

기운을 강화하는 방법은 수련생들이 합심하여 하늘 기운을 당기는 것입니다. 하늘 기운은 당기는 만큼 오도록 되어 있습니다.

수련중 하늘 기운을 당기다 보면 수련이 끝난 후 피로를 느끼는 경우가 있습니다. 하지만 하늘 기운을 당겨서 피곤한 경우는 금방 회복이 됨을 아시면 됩니다.

하늘 기운은 의념으로 당기며 온 몸을 통하여 단전에 집결되므로 기운을 느끼든 못 느끼든 의념으로 단전에 모인다고 생각하고 당기면 단전으로 모이도록 되어 있습니다.

단전으로 모든 잡념까지 함께 쏟아 모을 것을 권합니다. 섞이면 잡념은 타고 기운만 남도록 되어 있습니다.

– 고맙습니다.

수선재의 주인은 누구인가?(허준 선인과의 대화)

– 수선재와 수선대의 기운이 약할 때 수련생들은 어찌해야 하는지요?

수선재와 수선대는 하늘과 땅의 중간인 인간이 수련을 하는 곳입니다. 따라서 하늘 기운과 땅의 기운이 서로 조화를 이루어야 하는데 이 두 가지 기운이 조화를 이루기 위해서는 인간이 양 기운의 매체 역할을 잘 하여야 합니다.

기운이 좋기 위해서는 당시 수련중인 수련생들이 전부 힘을 모아 하늘 기운을 당기면 땅의 기운은 저절로 오게 되어 있습니다. 이러한 조건이 이루어진 후에는 기운이 달라질 것입니다. 저희들이 기운을 보내주고자 하여도 수련생들이 당기지 않는 이상 갈 수가 없는 것입니다.

수련장의 주인은 수련생들입니다. 선생 역시 관리인일 뿐이며 주인은 수련생들인 것입니다. 따라서 수련 장소의 기운을 바꾸는 것 역시 수련생들이 할 일이며 이 일은 바로 하늘 기운을 당김으로써 수선재와 수선대의 기운을 바꾸는 것입니다.

우선 하늘 기운을 당기면서 땅 쪽으로 내리밀면 기운이 땅 속으로 내려가는 것 같아도 이 기운에 반응하는 땅의 기운이 올라오게 되어 있습니다.

인간의 몸으로 있는 동안 반드시 필요한 것은 천기와 지기이며 이 지기는 음식으로 인간에게 취하여지도록 되어 있습니다. 반드시 지기를 섭취한 후 천기를 당길 것을 권합니다.

선계수련의 최종 목적지(허준 선인과의 대화)

앞으로 하여야 할 일들이 더 많습니다. 이러한 모든 일들이 잘 될 수 있도록 수련생들이 수련에 박차를 가하였으면 좋겠습니다.

– 그러한 점에서 저의 수련 지도에 대하여 어떻게 생각하시는지요? 잘못된 점이 있다면 바로 잡고 싶습니다.

타당한 방법을 찾아가면서 더할 수 없이 아주 잘 나아가고 계십니다. 마음공부에 치중하시는 것이야말로 공부를 바로 하고 있다는 반증인 것입니다.

수련생들이 다소 마음을 상하게 하고, 선생님의 기운을 가져가는 것은 순환선상에서 필요한 일부일 뿐입니다.

수련 지도에 병행하여 건강 수련을 하시는 것 역시 상당한 시도로 생각됩니다. 건강은 인간의 가장 기본적인 목표이자 가장 중요한 목표인 것입니다. 의사들이 많이 있으니 그들이 진료하여 조제한 약에 대하여 선생님께서 하늘 기운을 연결해 주시면 그 약의 효능이 더 나아질 것입니다.

수련생들의 건강은 물론 자신의 뜻에 의하지 않고 하늘의 뜻을 받아 나오는 것이나 이 받아온 것을 어떻게 사용하는가 하는 것은 자신이 갈고 닦는 것에 달려 있습니다.

갈고 닦는 것의 첫째도 수련이요, 둘째도 수련이며, 셋째도 수련이고, 마지막도 수련인 것입니다. 수련이 없이는 절대 어떠한 일도 할 수 없는 것이며, 설령 되었다고 하더라도 선계의 에너지가 없이는 지속력이 없는 것입니다.

수련생들의 마음이 부족하면 수선재나 수선대, 선생님께서 자신들에게 무엇을 해줄 것인가를 기대하게 되나, 수련이 진전되면 기운이 흘러 넘쳐 수선재나 수선대에 자신이 무엇을 기여할 것인가를 생각하게 되는 것입니다.

이것이 바로 여유이자 세상을 크게 바라보기 시작했다는 징표이며, 대주천 등 수련이 일정 단계에 올라섰다는 반증인 것입니다. 마음이 흘러 넘치도록 하는 것은 수련이며, 이 수련을 지속할수록 흘러 넘쳐서 영향을 미치는 범위가 넓어지게 되는 것입니다.

인간으로서 가장 수련에 성공한 부처, 예수 등은 그 기운이 지구를 덮고 나아가고 있음을 보면 선계수련의 최종 목적지가 어디이며, 이 수련의 결과 앞으로 어떻게 될 것인가를 알 수 있게 되는 것입니다.

수선재가 활성화되고 유명해지면 교리상으로 보아 종교적인 모임과 같은 오해가 있을 수 있으나 실상 그렇지 않으며 중생들을 구제하고자 하는 것입니다.

열심히 하시면 결코 후회 없는 결실을 얻으실 수 있을 것입니다. 저희들이 항상 옆에서 선생님을 보필하며 정성을 다하여 돕겠습니다.

초각 · 중각 · 종각, 선계수련의 3단계

1. 초각(100점 완성)

가. 1단계: 축기를 하며 기를 알게 되는 지기(知氣) 단계이며 선계수련의 모든 수련생이 현재 이 단계에 있다.

나. 2단계: 알고 있는 기에 대한 기초 지식을 더욱 연구하는 습기(習氣) 단계로서 1단계에서의 마음점수와 총점이 각 100점일 때 진입한다.

다. 3단계: 기를 이용하여 인간의 병을 치료한다거나 하는 용기(用氣) 단계, 즉 의술의 발휘가 가능한 수준이다. 2단계 점수가 100점일 때 진입하며 대부분의 기공 수련이 이 단계에서 끝난다.

*선계수련의 점수란 선계에서 수련생에 대한 모든 면을 종합적으로 평가하여 주시는 것으로, 리얼타임(real time)으로 소수점까지 표시되어 나올

정도로 정확합니다.

수선재에서는 중급반 이상이 되면 각자의 수련 상태를 점수로 받아볼 수 있는바, 종합점수는 10여 가지의 항목으로 구성되어 있으며 이 중 특히 마음이 열린 점수가 중요하므로 따로 뽑아서 알려드리는 것입니다.

2. 중각(100점 완성)

자신과 우주에 대하여 알고 서로 비교하면서 자신의 보잘것없음을 아는 단계이며, 이 단계에서 자신의 명(사명)을 알게 된다. 이 단계에 오면 다른 사람의 앞에 나섬을 두려워하게 되며 우주에 대한 경이로움으로 스스로 겸손하게 된다.

이 단계에 들기 직전 엄청난 두려움과 시련이 닥쳐오며 기존의 항로에서 벗어나 새로운 길로 가게 된다. 기존의 사고방식과 수련 방법에 있어 일대 전환이 필요하며 중각의 단계를 벗어나기까지 무한한 인내를 요한다.

본격적으로 이 중각의 경지에 들면 마음의 평정을 찾아 어떤 동요가 와도 흔들림이 없으며, 마냥 편한 가운데 정진하게 된다.

가. 1단계: 지심(知心) 단계, 즉 자신의 마음을 알게 되는 단계이다.

나. 2단계: 습심(習心) 단계, 즉 자신의 마음을 어떻게 사용하여야 하는가를 알게 되는 단계이다.

다. 3단계: 탈심(脫心) 단계로서 이러한 마음의 위력을 알고 이 마음에서 벗어나는 것이다. 이 단계를 불교에서는 해탈 즉 '대각'이라고 하며 이 단계를 넘어야 종각으로 갈 수 있다.

종각은 내 마음으로 하는 것이 아니며 온 우주와 더불어 함께 호흡하는 것이다.

3. 종각(100점 완성)

자신과 우주를 알고 다시 자신에게서 우주를 발견하게 되는 단계이다. 수련의 완성기이며, 이 단계에서는 자신의 모든 판단이 우주의 판단과 일치하여 어떠한 생각을 해도 실수가 없다.

종각을 향해 나아가는 것이 선계수련의 길이다. 이 단계에서 선계 1등급 진입이 허락되며 우주와의 합일 정도에 따라 1~10등급까지 구분된다.

– 수련을 하면 생활 면에서는 더 나아지지 않고 오히려 온갖 고난이 한꺼번에 닥쳐오는 이유는 무엇인지요?

초각에서 중각으로 넘어가는 도중 입각 시험 단계에서 가장 많이 온다. 이 시험 단계는 수 년이 가는 수도 있고, 수십 년이 되는 수도 있다. 전생의 업과 금생의 수련으로 인하여 겪을 모든 것들을 이 단계에서 털고 넘어가게 된다.

수련자의 입장에서는 이 중각 직전 시험 단계를 자신의 수련이 진전되는 징표로 알고 이 정도의 수련이 가능했던 스스로에게 고마워하는 마음가짐으로 넘겨야 한다.

머나먼 완성의 길(1999년을 보내며)

금년은 하늘의 메시지를 전달하는 수선재의 기운을 다지는 한 해였다. 따라서 모든 수련생들이 많은 노력을 하여 기반을 조성함에 부족함이 없었다. 이러한 기반을 바탕으로 하여 내년에는 보다 큰 발전을 이룰 수 있어야 한다.

한 올, 한 올의 실이 모여 한 다발을 이루고, 한 다발이 두 다발이 되듯 여러 수련생의 의견이 모여 모든 수련생의 의견이 되고, 모든 수련생의 의견이 수선재와 수선대의 의견으로 성숙될 것이다.

수선재의 모든 수련생들이 수련생이라는 마음 하나로 정진을 거듭하고 있음에 대하여 자신들의 본성이 바라보는 감회 또한 새롭다. 공부를 통하여 만나고자 하는 목표는 바로 본래의 자신인 본성이며, 이 본성을 만나기까지 수없이 많은 껍질을 벗어내는 연습을 하여야 한다.

이제 껍질을 벗어내는 수련을 시작한 지 얼마 되지 않았으나 이미 대주천을 인가 받은 수련생의 경우 자신의 본성과 기운이 연결되었으니 이것만큼 수련에 있어 중요한 일이 없다.

대주천이 되지 않은 수련생도 수선재를 통하여 하늘과 연결하여 자신의 본성을 찾아가는 길이 열려 있으니만큼 지속적으로 정진하면 내년에는 보다 나은 효과를 거둘 수 있을 것이다.

하지만 하늘 공부는 한 번 연결되었다고 해서 지속적으로 연결되는 것이 아니고 계속 가꾸고 가꾸어야 큰 발전이 있는 것이다.

물이 흘렀다고 해서 항상 큰 강이 되는 것이 아니오, 시냇물이 점차 모여서 강이 되고 바다가 되듯 수련을 시작한 수련생의 경우 이제 물길이 잡힌 것이며, 이 물길을 키우고 키워서 작은 강을 만든 것이 대주천이요, 이 강을 더욱 키우는 것이 대주천의 상승 경지요, 이 경지를 더욱 발전시켜 바다와 하나가 되는 것이 바로 본성과의 합체, 즉 깨달음의 완성이 되는 것이다.

이 과정은 멀고도 멀다. 하지만 한번 출발한 공부의 기운을 지속적으로 이어 붙여 반드시 바다로 갈 수 있는 마음가짐을 갖는다면 더없이 즐거운 공부가 될 것이요, 이 공부를 중도에 멈춘다면 온 우주를 통틀어 더없이 안타까운 일이 될 것이다.

하늘을 위하는 것이 바로 자신을 위하는 것이며, 자신을 위하는 길이 하늘을 위하는 길이니 이 길이 모두 결국은 자신을 발전시키는 길인 것이다. 자신을 위하는 길은 바로 자신을 가벼이 만드는 길이니 모두 버려 자신을 구하는 것이다.

길동무들이 모여있는 수선재와 수선대는 항상 하늘의 기운이 연결되어 있으니 이 기운을 자신의 것으로 만드느냐, 아니냐 하는 것은 자신의 마음의 문을 어느 정도 여느냐에 달려 있다.

모두들 금년을 고생스러운 가운데에서도 더없이 잘 보냈으니만큼 새해에도 더욱 발전할 수 있는 한 해가 될 수 있도록 하라.

모두에게 기운의 축복을(2000년을 맞이하며)

마음을 무겁게 하는 가장 주된 요인은 욕심이며, 공부가 되도록 하는 것 역시 욕심이다. 그러나 자신만을 위하는 욕심이냐, 모두를 위하는 욕심이냐에 따라 성취도는 전혀 달라진다.

공부의 기본은 마음을 비우는 것이다. 마음을 비우는 것은 곧 욕심을 버리는 것이며, 욕심을 버리는 것은 곧 허상의 자신을 버리는 것이다.

수선재와 수선대는 수련생들이 하늘을 만날 수 있는 곳이요, 참 자신을 만날 수 있는 곳이다. 수선재와 수선대를 키우는 노력 역시 허상의 자신을 버리고 정진함에서 그 방법을 찾아야 한다. 욕심과 발전은 양립하는 것으로 생각하기 쉬우나 공부하는 사람의 도리는 마음을 비우는 데 주력함으로써 더욱 큰 성과를 거두는 데 있다.

수선재의 창립으로 이미 초기의 기반은 다져진 상태이니 앞으로는 발전의 기회만이 있을 것이다. 전원이 일치하여 수련에 정진하고, 정진한 수련을 나의 것으로 승화할 수 있도록 노력하라. 하늘은 항상 본성을 찾으려는 수련생을 기다리고 있으며, 본성 역시 자신을 찾으려는 수련생과 만나기 위하여 지속적으로 기운을 보내고 있으니 자신의 몫을 찾느냐, 아니냐는 각자의 노력에 달린 것이다.

새해는 새로운 천 년의 입새에 서는 한 해이다. 지금까지의 모든 것이 씻겨나가고 새로운 물결이 쳐 올라올 것이다. 기운이 바뀌고 기운이 몰려올 것이다. 이 기운을 자신의 것으로 하느냐, 놓치느냐 하는 것은 자신의 열의에 달려 있다.

모두의 마음을 모아 수선재로 기운을 당기고, 당겨진 기운을 모아 수련생 모두가 흠뻑 기운을 받을 수 있도록 하라. 보다 밝고 많은 기운이 내려올 것이다. 이 기운은 자신을 발전시킴에 더없이 값진 것이니 많은 기운을 받을 수 있도록 노력하라.

모두에게 기운의 축복을 내릴 것이다. 정진하고 또 정진하라. 하늘은 하늘을 알아보는 사람을 놓치는 법이 없다. 또한 하늘을 알아보는 정성이 하늘에 닿아 그 대가로 하늘이 알아보는 사람은 본성을 만나게 되며 본성을 만나면 모든 것은 자신의 것이 된다.

새 천년의 입구에 수선재에서 수련에 드는 사람은 평생을 온 우주를 통틀어 가장 밝은 기운과 함께 할 수 있을 것이다.

2000년을 보내고 2001년을 맞이하며

금년은 어려운 가운데에서도 전원이 합심하여 수선재를 이끌어 왔다. 1,000배 수련을 비롯한 수련생들의 모든 노력은 하늘에서 가상히 알고 있는 것이며, 하늘이 알고 있는 이상 무심코 지나침이 있을 수 없다.

수련이란 항상 새로운 어려움에 부딪히는 것이며, 이 어려움은 수련생들의 등급을 향상시키는 방향으로 수선재를 이끌게 된다.

새해는 밝기만 한 희망보다는 여러 모로 어려운 한 해가 될 것이다. 이 어려움은 지구를 둘러싸고 있는 기운의 약화로 인한 것이며, 상승 기운을 탈 때까지 지속될 것이다. 주변의 모든 환경이 어려우니만치 수선재를 구성하고 있는 모든 인원들 역시 어려운 환경에 처하게 될 것이나 이러한 어려움은 수련생들의 수련 의지를 시험하는 계기가 될 것이며, 이렇게 어려운 한 해를 이기고 나간다면 보다 나은 후일을 기약할 수 있을 것이다.

이 모든 어려움은 수련생들을 비롯한 모든 속세의 때를 덜어내고자 하는 하늘의 뜻에서 내려오는 것이며, 어느 선인을 막론하고 고난을 이겨내지 않은 경우가 없다. 이러한 하늘의 뜻을 받아들이고 감내하는 과정에서 자신의 때를 덜어낼 수 있는 마음가짐을 가진다면 환골탈태할 수 있는 기회가 될 것이나 마음가짐을 무겁게 하며 자신으로부터 벗어나지 못한다면 기회가 사라질 것이다.

이렇게 어려운 환경에서 헤쳐나갈 수 있는 길은 모두가 합심하여 마음을 안정시키고 노력을 배가하는 것 외에는 방법이 없다. 새해가 오기 전에 수선재의 모든 구성원들이 마음을 모으고 있음은 앞으로 수선재의 발전에 큰 기여가 될 것이므로 다행으로 생각하며, 이러한 여러분들의 노력이 헛되지 않도록 선계의 지원 또한 이어질 것이다.

합심하여 수련을 하는 것은 모든 이의 마음을 하나로 모음으로써 더욱 큰 일을 하도록 하자는 것이다. 합심이란 단순히 마음을 모으는 것 이외에 더욱 큰 결실을 기약할 수 있는 것이며, 이러한 자세가 모두에게 전파될 때 수련의 진전을 기대할 수 있는 것이다.

수선재는 선계가 기운을 보내는 곳이며, 선계의 기운을 자신의 것으로 하기 위하여는 자신의 모든 것을 비워야 하는 점이 있다. 자신을 비워 공기(空器)로 만듦으로써 차후 많은 기운을 받아들일 수 있도록 하는 것이다.

비움은 채움이 아닌 비움을 소유하는 일이며, 비움을 소유하는 것은 바로 우주기운을 받아들일 수 있는 그릇을 만드는 것이다.

버림에 익숙하지 않다면 채움 역시 낯설은 일이 될 것이니 기운을 받는 과정에서 자신에게만 좋은 일이 되지 않도록 하는 것이 중요하며, 다른 수련생 역시 함께 기운을 받도록 기원하는 것은 자신이 더욱 좋은 기운을 받을 수 있는 방법이다.

기운이란 어느 한 곳으로 내려오는 것이 아니며 포괄적으로 내려오는 것이니만큼 모두가 다른 수련생들이 많은 기운을 받을 수 있도록 기원한다면 전원이 보다 많은 우주기운을 받을 수 있을 것이다.

수련생으로서는 어느 해보다도 중요한 한 해가 될 것이며, 수선재로서도 한 단계를 건너가는 한 해가 될 것이다. 모든 수련생들이 합심하여 새 천년의 한 해를 진지한 수련으로 생각하고 열심히 보낸다면 보람이 무엇인지 알 수 있는 한 해가 될 것이다.

하늘은 결코 수련생을 속이는 법이 없다. 하늘이 여러 수련생들의 수련 과정을 속속들이 알고 있으니만치 감내하고 비울 수 있는 수련을 하도록 하라.

수선재의 주인은 수련생들이며, 수선재의 주인들이 수선재의 발전을 위하여 노력하고 있는 이상 하늘은 결코 수련생들을 잊는 법이 없을 것이다.

3장
스승, 등불을 들고 가시는 분

허준 선인과의 대화 1

– 선생인 제가 피로가 심할 때는 어떻게 하여야 하는지요?

선생은 원래 피곤한 것입니다. 수련을 지도한다는 것은 상당한 노고를 수반하는 것이며 공부 중에서 가장 힘든 것이 수련입니다.

힘든 이유는 단순한 지식을 주입하는 것이 아니라 마음을 바꾸는 것이며, 마음을 바꿈으로써 몸까지 바꾸어 한 인간이 선인이 되는 지름길을 제시하고자 하는 것이므로 힘드신 것입니다.

따라서 이 수련의 스승은 제자의 길을 인도함에 있어 사람이 지나가지 않은 울창한 숲 속을 맨 앞에 서서 인도하는 것과 같다고 할 수 있으며, 따라서 선생님께서 공부하실 때에 비하여 수 배 내지 수십 배 힘이 드시는 것입니다.

선생은 일반적으로 가장 힘겨운 직업 중의 하나이며 이 힘겨운 직업 중에서도 더 힘겨운 것이 바로 수련 선생인 것입니다. 제자가 백여 명 이상에 이르면 선생 역시 그만한 힘이 들도록 되어 있으며 따라서 그

만큼 힘이 더 드시는 것입니다.

선생이 힘을 낼 수 있는 것은 제자들의 수련 정도가 높아지면서 선생에게 힘을 보내줄 단계에 이르렀을 때 힘이 덜 드는 것이며, 이 때까지는 상당한 힘이 드는 것이므로 이러한 과정을 감내하실 수 있어야 할 것입니다.

선생님의 경우 아직 수선재의 발달 과정으로 볼 때 초기라고 할 수 있으므로 낮에는 터를 닦고, 밤에는 수련을 하여야 하는 것과 같다고 할 수 있습니다. 수련만 하신다면 그렇게까지 힘이 들지는 않으실 것입니다.

제자를 키우는 과정에 자신의 몸까지 망가질 정도가 되신 것은 제자들을 진심으로 사랑하는 마음이 과한 나머지 그렇게 되신 것이므로 이러한 과정 역시 선계에 전부 기록되고 있는 것입니다.

이러한 과정을 벗어나는 것은 제자들이 마음공부를 열심히 하여 스승을 뒷바라지함으로써 스승이 힘겨움에서 벗어날 수 있도록 하는 것이 가장 좋은 방법입니다.

제자들을 키우면서 스승이 힘들지 않다면 참다운 스승이라고 할 수 없을 것입니다.

허준 선인과의 대화 2

선계수련에서 제자란 스승이 가꾼 마음의 밭에서 풀을 뜯는 양떼와 같은 것이며 스승이 마음으로 가꾼 풀을 먹고 자라는 것입니다. 따라서 스승은 제자들이 계속 먹을 수 있는 풀을 가꾸어야 하며, 이 풀의 양은 제자가 100명이면 100명분을 가꾸어야 하는 것입니다.

따라서 이 몫을 제자들이 자신의 능력으로 가능한 만큼 나누어 맡는다면 스승은 더 넓은 밭을 찾아서 경지를 넓혀 나갈 수 있을 것이나 그렇지 못하다면 한정된 범위 내에서 만족할 수밖에 없을 것입니다.

– 알았습니다. 그러나 모든 것은 스스로 깨달을 수 있어야 의미가 있는 것이 아닌지요?

그렇지 않습니다. 스스로 깨닫기를 기다리는 방법과 스스로 깨닫도록 만드는 방법이 있습니다. 도리를 모르면 알도록 하는 것이 또한 스승의 할 바인 것입니다.

– 알겠습니다.

인간이 태어나면 처음에는 부모가 키워주나 점차 성장하면서 자식과 부모가 공생(共生)을 하게 되고, 나중에는 자식이 부모를 모시듯 선계수련의 경우에도 단계에 따라 각자의 길이 따로 있는 것입니다. 처음에 자리를 펴는 것은 스승의 할 일이나 점차 제자들의 역할이 분담되는 것이며, 이들은 이 역할이 공부가 되는 것입니다.

수련만이 자신의 일이고 수련장에 관련되는 일은 자신의 일이 아니라고 한다면 결국 자신들이 성장할 기반을 상실하게 되는 것이므로 가장 큰 손해는 자신들이 보게 되는 것입니다. 스승은 발단을 제공하고 지속적으로 커 나갈 수 있도록 조력을 하는 것이며 키워 나가는 것은 결국 제자들인 것입니다.

아직 마음공부가 다소 부족하여 근본에 대한 생각이 없는 경우가 있으나, 인간의 몸을 가지고 있는 짧은 일생 동안 몸을 누이고 쉬는 집에 대하여는 수억 원을 아깝지 않게 들이면서 자신의 마음을 영원히 의탁하고 쉴 수련장은 그보다 못한 가치를 부여한다면 결국 몸은 사라지고 마음만 남았을 경우 갈 곳이 없게 될 것입니다.

– 강요할 수 있는 문제는 아니지 않습니까?

스스로 깨달아야 하는 문제입니다. 요는 금생의 수련이 끝난 후 자신이 어디에 있을 것인가? 다시 지구에 남을 것인가? 아니면 선계로 갈 것인가 부터 결정하면 자연히 답은 나오게 되어 있는 것입니다.

지구에 미련이 많이 남도록 행동하면 그 자체가 업이 되어 지구에 더 머물게 될 것이며 그렇지 않다면 지구를 한결 가벼운 마음으로 떠날 수 있게 될 것입니다.

인간의 마음은 먹기에 따라 선인의 것이 될 수도 있으며 인간보다 못한 짐승의 것이 될 수도 있습니다. 인간 이상의 선인이 되려면 가볍게 떠날 수 있도록 함보다 더 좋은 수련은 없을 것입니다. 마음이 가벼워지면 선인밖에 될 것이 없기 때문입니다.

- 너무 좋은 약을 주셨습니다. 고맙습니다.

명의는 마음의 약을 줄 수 있어야 하는 법입니다. 몸의 약과 더불어 마음의 약을 줄 수 있다면 더없이 좋은 의원이 될 것입니다. 마음을 가볍게 하는 방법은 자신의 내부에서 찾아야 하므로 이것을 알려주어 수련 진도를 가속할 수 있다면 선인이 되는 길은 상당히 빠를 것입니다.

- 고맙습니다.

저의 사명은 어디까지인지요?

– 저의 사명은 어디까지인지요?

법을 펴는 것에 끝이 있을 수 없다. 공부란 자신의 완성이며, 완성 이후 뜻을 펴는 것은 덕을 쌓는 것이므로 그것에 어느 정도의 한계를 둔다는 것은 이미 덕을 어느 정도 쌓고 더 이상 쌓지 않는다는 것이니, 힘겨우면 공부를 약하게 시키는 한이 있어도 그만두는 것은 있을 수 없다고 할 수 있다.

체력이 뒷받침하는 한 공부는 가르친다고 생각하는 것이 옳다.

– 저는 누구이며 수선재는 누구의 집인지요?

스승이다.

선계수련의 안내자이자 영적 스승이고, 지상에 선계의 법을 펴는 사람 등 어떠한 역할이라도 할 수 있어야 한다.

모든 것을 버리는 것은 모든 것을 가지는 것과 일맥상통하며, 소유에 의미를 둔다면 수련을 지도할 수 없을 것이다.

수선재는 선생의 집이자 수련생의 집이며, 선생과 제자가 모두 주인이고, 손님은 없는 것이다. 모두가 주인이다.

– 수선재의 운영체제는 어떠해야 하는지요?

스승은 스승의 위치에서 모든 것을 관장하는 것이 옳으며, 제자 중 일을 할 수 있는 사람들이 있으므로 일은 제자들이 하여야 한다. 어떠한 사안에 대하여 제자들이 결정한 후 최종적으로 스승이 판단하는 것이 순서이며, 이러한 절차를 따르는 것이 옳다. 진정한 도인의 길은 모든 이가 참여하는 것이 옳다고 할 수 있다.

기본적인 제안 및 검토는 제자들이 하되 최종적인 결정은 스승이 하는 방법이 옳다.

– 법을 펴는 방편은 어떠해야 하는지요?

모든 이의 장점을 취하는 것이 옳다. 때에 따라서는 예수의 절대적이고 타 종교를 수용치 않는 것도 옳으며, 부처의 자비를 펴는 것도 옳다. 00의 도는 펴는 것 외에는 본받을 것이 없으며. 성철 스님의 수련 역시 본받아야 한다.

기타 이 때까지 선계에서 내려온 모든 이의 장점을 두루 섭렵하여 펴는 것이 좋을 것이다.

스승을 모시는 자세

수련생으로서 스승을 모시는 자세는 절대적일 필요가 있다. 절대적이라 함은 어떠한 받아들임에도 거부감이 없어야 한다는 것이다. 즉 스승이 지시하는 바가 일견 타당치 않아 보여도 수용하는 것이 제자로서는 옳은 것이다.

이러한 이유는 논리의 도약으로 설명이 가능하다. 수련이란 순간에 수만 광년을 건너뛰는 것이므로 인간의 스텝 바이 스텝(step by step)으로는 이해가 불가능한 경우가 많으며, 따라서 제자들이 생각하기에는 도리에 어긋나는 것 같은 사안이 수련으로써 가능한 경우가 많은 까닭이다. 속(俗)의 논리로 판단한다면 이해가 불가능한 것들이 수련에서는 가능한 이유가 여기에 있다.

속에서는 인간계의 법도가 있으며 우주에서는 우주의 법도가 있다. 인간의 법도는 우주의 법도에 비하면 극히 일부에 지나지 않으며 따라서 우주의 법도로는 인간의 법도를 판단할 수 있어도 인간의 법도로는 우주의 법도를 판단할 수 없다.

수련중 제자의 도리는 인간의 법도이자 우주의 법도이다. 인간계에서도 절대적인 지식은 절대적인 스승으로부터 전수 받는 것이며, 우주에서도 절대적인 기운은 절대적인 스승으로부터 절대적인 통로를 통하여 내려오는 것이다.

인간이 절대적인 진리에 접근이 불가능한 이유는 인간이기 때문이며, 선인이 절대적인 진리에 접근이 가능한 이유는 선인이기 때문이다. 선인이 지상에 내려와 선계의 기운을 독자적으로 받을 수 있는 것은 선계의 기운을 받을 준비가 되어 있기 때문이다.

선계의 기운을 받는다 함은 선계의 기운을 받아 인간에서 선인으로 변화할 수 있음을 말해주는 것이며, 이 변화는 인간으로서 가장 마지막 변화라고 할 수 있다.

인간계의 지식은 작은 지식이며, 선계의 지식은 큰 지식이니 인간계의 지식을 구함에는 마음의 거리낌이 있어도 가능하나 선계의 지식을 구함에는 거리낌이 있다면 스승이 많은 것을 주어도 받아들일 수 없을 것이다.

제자의 도리 중 가장 기본적인 것은 스승에 대한 절대적인 존경이다. 선계수련생의 경우 수련생으로서 선계의 가르침을 받아들임에는 열의가 있으나 스승에 대한 존경과 스승의 지식을 전수받는 부분에 있어서는 다소 차이가 있다고 할 수 있다. 스승을 모시는 도리와 스승을 대하는 마음가짐은 인간으로서의 도리와는 차이가 있음을 명심한다면 자신의 발전이 우주의 발전에 동참하는 계기화임에 이의가 없을 것이다.

많은 제자들이 선인이 되지 못하고 일부만 선인이 될 수 있는 것은 선인의 길이 어렵고 험한 길임을 말해주는 것이다. 노력한 만큼 거두는 것이니 자신을 바쳐 자신을 구하는 가장 확실한 길을 힘들이지 않고 갈 수 있는 방법은 스승의 언행에 신뢰를 가지고 가는 길임을 명심하면 될 것이다.

수련생들은 차후 더 이상의 우(愚)를 범하지 않도록 각별히 조심하도록 하라.

선계수련의 스승

선계수련에서 스승은 절대적인 존재이며, 이 수련은 스승의 인도가 없이는 불가능하다.

스승의 역할 중 가장 중요한 것은 방향을 알려주는 것이며, 지향점을 알려주는 기능은 안개 속에서 헤맬 일이 수없이 많은 속세의 특성상 절대적인 필요성을 지닌다.

속세에서 인간의 한계는, 알고 보면 아무것도 아닌 것으로 생각될 정도로 쉬운 문제들의 답이 나오지 않는다는 것이며, 따라서 이러한 문제들의 답에 대한 한 마디의 설명이 수 년에서 수천만 년을 앞당길 수 있는 것이다.

스승은 여러 가지 모습으로 제자에게 내려온다. 비, 바람 등 자연의 모습으로 오기도 하고, 자신보다 열등한 사람의 모습으로 오기도 하며, 자신에 비하여 너무 잘난 사람의 모습으로 오기도 하고, 오지 않은 상태에서 파장으로 전달하는 경우도 있다.

이들 스승의 모습은 결코 다른 사람보다 모든 면에서 나은 모습이 아닐 수도 있으며, 이것은 그 스승의 역할이 어떠한 것이냐에 달려 있는 것이다.

속세의 선계수련 중 스승의 역할을 보면 사방이 보이지 않는 어둠 속에서 앞장 서서 등불을 들고 가는 것에 비유할 수 있다. 이 때 따라가는 사람은 등불을 보고 따라가는 것이며, 앞장 선 사람의 옷이 더럽고 손에 때가 묻은 것을 구별하며 가는 것이 아닌 것이다. 그러한 것은 중요한 것이 아니며, 등불이 정확한 방향을 정하여 가고 있는 것인가에 초점이 있는 것이다.

이 때 등불을 들고 가는 사람은 어떻게 하면 바람에 등불이 꺼지지 않도록 할 것이며, 일행들을 목적지에 안착시킬 수 있을 것인가에만 신경을 쓰게 된다.

바람은 유혹이며 이들의 유혹에 등불이 꺼진다면 자신은 물론 따르는 모든 이들과 함께 다시 되돌아가야 하는 일이 생길 수도 있는 까닭에 자신의 일인 오직 등불을 지키고 길을 바로 가는 것에만 노력하게 된다.

이렇듯 스승이란 한 가지 일, 즉 등불을 지키고 바른 방향으로 가도록 하는 것에만 노력하는 경우도 있고, 이 등불을 보면서 뒤에 오는 사람들이 바로 따라올 수 있도록 노력하여야 하는 역할도 있으며, 이 두 가지 역할이 한꺼번에 부여된 경우도 있다.

문 선생의 경우 이 두 가지 역할을 다 하여야 하므로 그만큼 부담이 큰 것이다.

허나 스승은 방향을 알려주는 역할이 가장 중요한 것이며, 이 한 가지를 보고 따라간다면 어긋남이 없는 것이다. 특히 제자들을 내세우기 위하여 감추어진 스승일 경우 제자들을 살리기 위하여 전지전능한 모습을 갖추지 않는 것이 선계의 관례이다. 그만큼 스승의 희생이 따르는 것이며 이를 바탕으로 제자들이 다음 사람들에게 스승의 역할을 하게 되는 것이다.

올림픽에서도 선수란 모든 종목에서 전부 잘 하는 것이 아니라 자신의 특기 종목 즉 100미터 달리기 하나만으로 금메달을 따는 것이며, 씨름 하나로 천하장사가 되었다가 대학교수가 되어 후학을 지도하는 선생의 경우도 있다.

선생이란 전지전능한 모습이 이상적이기는 하나 수련에 필요한 한 가지만을 잘 알려주는 것으로 가능한 것이다. 국어 선생은 국어를 가르치는 것이며 수학 선생은 수학을 잘 가르치는 것으로 가능한 것이다. 또한 유치원 선생님은 유치원 당시의 선생인 것만으로 평생 선생인 것이며, 중고등학교 선생님 역시 졸업하고 나서도 영원히 선생님인 것이다.

스승은 수련에 있어서 부모와 동격이며 더욱이 선계의 항렬은 절대적인 것이므로 이를 어길 경우 그에 상응하는 처분이 내려오는 것이다.

* 저에 대하여 세속적인 기준에서 너무 많은 것을 요구하는 분들이 있어 이런 천서가 내려온 것입니다.

하늘의 뜻(2000년 생일축하)

큰일을 한 한 해였다. 그러한 일을 함에는 일정한 시기가 있으며 이 시기를 놓치면 할 수 없는 것이다. 그동안 선계의 뜻을 이 세상에 펴면서 많은 고생을 하였으며 이 고생이 점차 효과를 볼 수 있는 시기에 이르렀다.

천하는 하늘의 것이며 천하에 뜻을 펴에 있어서는 인간이 스스로 만든 것보다는 하늘의 뜻을 널리 펴는 것이 바른 것이라고 할 수 있다. 하늘의 뜻은 바로 선계의 뜻이며 선계의 뜻은 천하가 어떻게 가야 하는가를 말해주는 것이라고 할 수 있다.

따라서 선계의 뜻을 지상에 펴는 것은 모든 인간들이 자신의 업을 풀고 선인화하여 선계로 진입하자는 것이니만큼 인간 세계에 절대로 필요한 것이라고 할 수 있다. 하늘은 인간을 통하여 하늘의 뜻을 세상에 펴는 것이며, 이 뜻을 알아보고 실행하는 사람들은 선계에 갈 수 있도록 되어 있는 것이다.

다양한 수련법이 있으나 그 모든 뜻이 펴지지 않는 것은 본인들의 업이 두터운 것에 근거한 것이라고 할 수 있다. 건강이란 수련의 기본 조건이나 이 건강이 조화롭지 못한 것은 자신들의 전생의 업이 나타난 것으로서 이것이 전부 풀려야 본래의 건강을 찾을 수 있는 것이다.

아무리 유능한 선생이 있어도 수련생 본인이 공부를 열심히 하여야 하듯이, 선인의 도움이 아무리 많아도 본인의 업이 풀려야 본래의 자리로 돌아갈 수 있는 것이다.

인간이란 무릇 자신이 한 것보다 더욱 많은 것을 요청하는 경우가 있으며 이러한 것 역시 욕심에 근거한 것이라고 할 수 있다. 모든 욕심은 자신을 얽어매는 것이며 이 같은 욕심이 사라지고 나서야 업이 풀리고 본격적인 수련의 길에 들어서는 것이라고 할 수 있다.

낙숫물이 돌을 뚫는 것은 오랜 세월에 걸쳐 쏟아 부은 노력이 하나의 결과로 나타나는 것이며 노력이 결과를 나타내기까지는 수없이 많은 각고의 수련이 필요한 것이다. 일단 수련에 든 이상 자신을 통제하는 마음공부가 우선되어야 하며 이러한 기반 위에 진실로 본성에 접근이 가능하고 수련의 길에 들어설 수 있을 것이다.

힘내서 열심히 하는 것 외에 더욱 좋은 방법이 있을 수 없다. 앞으로 더욱 좋은 결과가 나올 것이니 분발하여 노력하도록 해라.

고생 많이 했다. 보람이 있을 것이다.

스승다운 스승, 제자다운 제자(2001년 생일축하)

축하한다.

사람이 이 세상에 태어난다는 것이 쉽지 않다. 그러나 태어나서 큰일을 한다는 것은 더욱 쉽지 않다. 큰일 중의 큰 일은 사람을 바꾸는 일이다. 그 중 더욱 중요한 일은 바꾸어야 할 사람을 바꾸어야 할 방향으로 바꾸는 것이다.

대부분의 인간들은 자신이 어려운 관문을 통과하여 이승에서 생을 얻었음에 대하여 별다른 감사심(感謝心)이 없이 생을 보내고 있다. 이것은 억만 금을 앞에 놓고 용처를 구하지 못해 그대로 두고 가는 경우와 같은 것이다.

인간이 가장 값진 삶을 보내는 길은 생명을 가지고 있는 동안 우주를 위하여 일할 수 있도록 자신을 변화시키는 길이다. 이러한 방법에는 여러 가지가 있으나 금생에 문 선생이 선택한 선계수련의 방법이 일반적인 수련생으로서는 가장 직결되는 경로라고 할 수 있다.

인간의 길 중 가장 보람있는 길은 자신이 선계로 돌아갈 때 많은 다른 사람을 함께 갈 수 있도록 하며, 본인이 떠난 뒤에도 또 여러 사람이 자신의 뒤를 따를 수 있도록 사회 제도화하는 것이다. 이러한 제도화의 노정은 현재의 수선재와 같은 본성 확립의 공부를 시키는 것이 가장 좋은 방법인 바 그러한 일을 하고 있음은 가장 보람있는 일 중의 하나라고 할 수 있을 것이다.

모든 일이 힘들지 않은 일이 없으나 힘든 것에 대한 보답은 각기 다르다. 힘든 것에 대하여 그 힘든 양에도 미치지 못하는 보답을 받는 사람이 있는가 하면, 수만 배의 보답을 받는 경우도 있다. 인간이 자신 한 몸을 추스리지 못하는 경우가 있음에 비하여 본다면 자신 하나로 우주를 얻을 수 있는 방법을 추구하는 수련이야말로 인간이 이 세상에 태어나서 할 수 있는 가장 값어치 있는 일이라고 할 수 있다.

스승이라고 전부 스승이 아니며, 제자라고 모두 제자가 아닌 것이다. 스승다운 스승, 제자다운 제자가 되는 길은 모두 수선재의 안에 있는 것이며, 스승과 제자가 하나가 되어 서로 스승다움, 제자다움을 공유할 수 있을 때 이 세상에 수선재의 노래가 울려 퍼질 것이고, 수선재를 통하여 자신을 찾는 사람이 많아지게 될 것이다.

매일 제자들을 위하고 중생들을 위하여 힘들지 않은 날이 없을 것이나 하늘이 알고 있는 부분이니 편안히 생각하고 임한다면 좋은 일만 있을 것이다. 이제 공부가 거의 되었다. 제자 또한 많이 모였으니 이제부터는 선계를 향하여 나가는 길은 전부 열렸다고 할 수 있다. 대성할 수 있도록 지속적으로 노력하라.

금년에 생일을 맞이한 것을 다시 한 번 축하한다.

* 선계에서 주시는 분에 넘치는 천서를 받아 적었습니다. 부끄럽습니다. 지속적인 축복을 내려주시는 선계에 감히 감사의 인사를 올립니다.

임원 수련에서 돌아와 홈페이지를 열어보니 사랑하는 회원님들로부터 축하의 메시지가 들어있군요. 좀 울었습니다. 좋은 선생이 되도록 분발하겠습니다.

수련⋯ 본성에 닿고자

1장
수련… 본성에 닿고자

금촉, 새로운 차원으로의 도약(허준 선인과의 대화)

－○○○이 100일 수련을 하고 있는 데 대한 격려 말씀 부탁드립니다.

100일 수련은 수련생의 입장에서 가장 근본적으로 하여야 하는 수련입니다. 이 수련을 하고 나서 마음자리가 잡히는 것이며, 이후 수련의 진도는 본 궤도에 오르게 되는 것입니다. 수련생 중에서 100일 수련을 한 사람과 하지 않은 사람은 단전의 형성과 그 이후의 유지 보관 과정에서 다른 수련생과 다른 바가 있습니다.

본인의 힘으로 기(氣)를 축적하여 기초를 쌓은 수련생의 경우 다른 사람의 도움을 받아 기초 단계를 넘어간 사람과 비교하면 많은 차이가 있습니다. 내가 나의 집을 짓고 들어간 경우와 다른 사람이 지은 집에 들어가 사는 것이 많은 차이가 있듯이, 내가 지은 집은 그만큼 애착이 가는 것이며 남이 지은 집은 그만큼 엉성한 것입니다.

이 세상에 빈틈이 있는 것처럼 보여도 없듯이 선계의 경우 더욱 빈틈이 없는 것이며, 이러한 짜임새는 수련에서 모든 진가를 발휘하는 것입니다.

본인이 자신의 노력으로 수련을 한 경우와 타인의 도움으로 기(氣)만을 받아서 축적하려 하는 사람의 경우는 근본적으로 다른 것이며 이러한 모든 과정이 각각 수련생의 수련 단계의 모든 과정에서 영향을 미치게 되는 것입니다. 수련이란 자신을 갈고 닦는 것이며 이 갈고 닦은 자신은 동일한 기간을 수련하여도 어떻게 하였느냐에 따라 결과는 전혀 다른 것입니다.

100일 수련은 수련 과정 중 가장 필요한 것이며 이 단계를 넘긴 경우는 앞으로의 진도에 상당히 긍정적인 영향을 받을 것입니다. 자수성가한 사람과 부모의 도움으로 부를 축적한 사람의 경우를 비교하는 것과 동일하다고 하겠습니다. 자신이 일을 하여 100만 원을 벌어들인 것과 부모가 100만 원을 준 경우는 다르다고 하겠습니다.

절대적으로 필요한 과정은 수련중에 계속 있을 것이나, 100일 수련은 단기간에 하는 것이니만큼 지치지 않고 최고의 효과를 거둘 수 있도록 하면 많은 도움이 있을 것입니다.

현재까지는 잘 나가고 있습니다. 많은 번뇌가 있을 것이나 그것을 뚫고 나가는 것 역시 100일 수련의 보람이자 긍지인 것입니다. 수련의 기반을 공고히 하는 일에 100일 정도의 기간을 집중함은 수련생의 근본 자질에 관한 문제로서 앞으로 성취할 수련 과정의 모든 것에 기대를 걸게 하는 바 있습니다.

힘겨운 부분이 있을 것이나 그것이 바로 수련이 되도록 하는 것입니다. 스스로 유혹에 이겨낼 수 있는 근본을 갖추는 것, 이것이 바로 모든 것을 이겨내는 가장 근본이 되는 것을 이루는 힘이라고 할 수 있습니다.

여일한 진전을 경하합니다.

본성의 고향길

어제(2000년 6월 13일) 저녁 수선대에서는 100일 간의 새벽 수련 수료식이 있었습니다. 그 자리에서 저는 두 가지 당부의 말씀을 드렸습니다.

앞으로도 수선재의 새벽을 여는 분들이 되어 달라고요. 새벽을 여는 여명(黎明) 직전에는 어둠이 짙게 내리우는 법입니다. 그간 수선재에는 다소간 어둠이 내리운 바 있습니다. 새벽을 여느냐 암흑이 지속되느냐 하는 기로에서 어렵사리 어둠을 헤치고 지금 새벽을 여는 중입니다. 바로 여러분들이 계셨기에 가능한 일이었습니다.

새벽을 여는 일에 선배 몇 분이 분위기를 맞추느라 재롱(?)을 떨어가며 앞장 서신 일을 모르는 분들은 아마 없으실 것입니다. 선계는 바로 이런 분들을 기다리고 있습니다.

앞으로 이런 분들이 수선재의 문을 두드리기를 학수고대하고 있으며, 또 이제까지 잠자고 있던 기존 회원님들 중 몇 분이 벌떡 깨어 일어나 횃불을 들고 새벽을 여는 선봉에 서시기를 고대하고 있습니다.

두번째로 당부 드린 말씀은 수선대에 오시는 길을 마치 명절 때 고향길을 방문하시는 것처럼 여겨 달라는 것이었습니다. 인생 수십 년을 살자고 낳아준 고향은 그토록 그리운 마음으로 찾아가면서 수백 생(生)을 되풀이하면서 잊었던 본성의 고향길을 이제서야 찾아오는 발걸음이 무거워서야 되겠는지요….

지금 그 길을 잊으면 몇백 년이 더 걸려야 찾게 될 고향길인지 모릅니다. 다시 태어나기 위해 대기하고 있는 영(靈)들의 숫자가 너무 많기 때문에 앞으로는 진화할 수 있는 몸을 지닌 인간으로 태어나기가 힘들어지며, 또 한 번의 생에 이끌어 줄 분을 적시에 만난다는 것은 마치 수백억 원이 걸린 복권에 당첨되는 것처럼 어려운 일이기 때문입니다.

새벽을 여는 여러분!

이제부터는 제 발로 찾아오는 길손을 합심해서 내어쫓거나, 나가는 일을 방관하거나 하는 일은 없어야 될 줄 압니다. 엄청난 업이니까요.

수선재의 맑고 밝고 따뜻한 기운이 널리 퍼지어 길가는 나그네가 들어와서 잠시라도 쉬어가고 싶은 선계를 만드는 일에 한 마음으로 동참하십시다.

100일 새벽수련을 격려하며

장하다.

100일 수련이란 초보자로서 할 수 있는 가장 고강도의 수련이다. 이 수련을 마치고 나면 다른 어떠한 수련도 할 수 있는 것이며, 선계에 등록이 되는 수련 과정 중의 하나인 것이다.

100일 수련이란 정식으로 하였을 경우 수련을 한 사람과 하지 않은 사람이 확연히 차이가 나는 것이며, 가시적인 차이가 발견되지 않을지라도 내단이 형성되어 앞으로 수련을 함에 많은 힘겨운 과정을 쉽게 넘어갈 수 있는 내외적인 준비가 되는 것이다.

100일 수련에 들어감에 있어서는 반드시 스승의 인가를 필요로 하는바 이유는 미처 100일 수련에 들 준비가 되지 않은 채 수련에 드는 사람들에게 스승이 기운을 보충하여 무사히 수련을 마칠 수 있도록 배려하는 것이 그 첫째요, 선계에서 수련생들의 등록을 받으려는 준비를 할 수 있도록 함이 그 둘째인 것이다.

또한 수련중 선계의 리더들이 각각의 수련생들에게 기운을 선물하고

자 함에 있어, 사전에 등록이 되어 스승이 인가한 후 선계의 수련생 명부에 등재된 수련생 위주로 기운이 내려오는 까닭이 그 셋째이다.

수련에 인연이 닿은 것만도 상당한 것인바 그 수련에 들어 일상 수련의 단계를 벗어나 100일 수련에 든다는 것은 이미 수련생 각자의 마음가짐이 수련생으로서 도리를 다하고자 하는 기본이 갖추어져 있다고 생각되는바 이 기본을 잃지 않고 100일을 무사히 마칠 수 있도록 하라.

수련 첫날 수련에 대한 신고는 스승이 할 것이요, 수련생들은 3일, 7일, 9일, 15일, 20일, 30일, 80일, 90일, 100일째 되는 날 반드시 팔문원 수련을 병행하여 자신들의 수련 진도가 선계에 등록이 되도록 함이 필요하다.

수련을 하고도 스승의 인가를 받지 않거나 일정을 맞추어 팔문원 수련을 하지 않음으로 인하여 시험을 보고도 이름을 쓰지 않거나 성적이 나오지 않는 것과 같은 일이 없도록 하라.

이 수련에는 현재까지 수련생들이 이름을 들은 적이 있는 선인들이 다수 지원을 할 것인바 가급적 최대한의 집중을 필요로 하며, 수련중 선인의 이름이 생각날 때는 그분이 응하시는 것이니 앞에 선인의 성함을 적어 놓고 수련을 하도록 하라.

성함이 떠오르지 않을 경우 자신이 받고 싶은 기운을 가지고 계실 것으로 예상되는 선인에게 기운을 주십사 청하면 기운이 내려올 것이니 수련중 은혜를 받을 수 있도록 하라.

* 2000년 8월 9일부터 100일간 전국의 수선재 회원이 참여하는 새벽수련이 있었습니다.

선계의 기운을 받는 방법(100일 수련중)

수련 초기부터 본격적으로 기운이 내려오는 것이 아니다. 수련을 하면서 수련생들의 기운을 받아들일 수 있는 기반이 마련되면 그에 상응하는 기운이 내려오는 것이지 초기부터 강하게 내려오는 것이 아니므로 초기에 너무 강한 기운을 받으려 하면 약간의 무리가 따를 수 있다.

현재는 선인들이 기운을 조금씩 내려보내는 시기이며, 이 기운을 소화해 내면 점차 강한 기운이 내려오는 것이다. 기운은 수련생들이 받아들일 수 있는 기반, 즉 자신의 기운을 강화시키고 나면 더욱 강한 기운이 내려오는 것이다.

즉 자석의 한쪽이 강하면 상대방이 강해지는 것과 마찬가지로 수련생들이 기운을 받아들일 수 있는 기반이 마련되면 선계에서 전해주는 기운 역시 강하게 내려오는 것이다.

아직은 수련생들이 기운을 소화해 낼 수 있는 상태가 아닌 까닭에 약한 기운이 내려오는 것이니 이 점에 대하여 너무 강력하게 내려오기를 기대하지 않도록 하라.

초기 1기에는 기운이 내려오는 형태 역시 부드럽게 내려오면서 수련생들이 기운을 받아들일 수 있는 기반을 형성하는 단계가 될 것이다. 초기 30일이 여기에 해당한다.

다음 2기 30일은 이러한 기운을 기반으로 기운을 강화하는 단계가 될 것이다. 이 시기에는 점차 강력한 기운이 내려오면서 수련생들의 기운을 강하게 할 것이다.

마지막 3기 40일은 이러한 기운을 수련생들의 것으로 만들어 더 이상 기운이 상실되는 일이 적도록 하게 될 것이다.

이러한 과정을 거치고도 항상 기운 단속을 게을리 한다면 자신의 기운이 된다는 보장이 없는 것이 수련이다. 언제나 기운이 자신의 것이 아니며 선계의 것이고, 선계의 기운을 자신이 사용하고 있다는 것을 알면 되는 것이다. 기운은 수련생이 기운에 대한 인식이 없을 경우 언제라도 회수될 수 있는 것이며, 따라서 기운에 대한 의식을 상시 가지고 있어야 한다.

100일 수련은 기운에 대한 인식을 바꾸는 것이며, 기운을 강력하게 받는 것이 아님을 알아야 한다.

– 허나 기운을 한 번 이상 강력히 내려보내서 수련생들에게 자극을 주어야 할 필요가 있지 않겠는지요?

필요가 있다. 전체 수련 시 전체 수련생들이 강력하게 기운을 염원하면 강력한 기운이 내려온다.

그 전에 단전을 비우고 마음을 가라앉힌 후 정좌하고 앉아 기운을 받도록 할 것을 요한다. 매번 스승이 받아서 주는 방법은 스승의 노고가 너무 크니 이번 기간 동안에 수련생들이 각자 하늘에서 받는 방법을 익히고, 스승은 기운이 바로 받아지는지 여부를 확인하면 되는 것이다.

1,000일 수련 속으로(100일 새벽수련 중간평가)

이번 수련은 수련생의 근기를 다지는 더없이 좋은 기회였다. 전체적인 의미에서 볼 때도 수선재의 기반을 공고히 하고 수련생 간의 결속을 다지는 기간이었다.

수련생의 근기를 다지는 가장 좋은 방법은 자신의 의지를 강화하는 것이다. 의지를 강화하는 것은 곧 단전을 강화하는 것이며, 단전을 강화하면 내기(內氣)가 강화되어 사기가 범접할 엄두를 내지 못하는 강체(强體)를 만들어 나가게 되는 것이다. 단전의 기운을 강화하는 이유는 수련의 기반을 굳건하게 조성함에 있으니 이러한 강화법은 기운이 맑은 새벽에 수련을 하는 것이 가장 좋은 것이다.

더욱이 100일 간 새벽에 일정한 시간을 정하여 지속적으로 수련을 한다는 것은 정기만을 취하여 자신의 것으로 만들 수 있는 방법으로서 선계수련에 있어 상상할 수 없을 만큼 가장 큰 혜택을 받는 것이다. 다소간의 피로와 지침이 있을 것이나 이러한 것들은 쉽게 회복이 되는 것이며, 이로 인해 얻어지는 수련상의 진전은 그간의 피로와는 비교할 수 없는 다른 차원의 발전인 것이다.

모든 수련생이 이러한 수련을 필요로 하며, 수련을 어느 정도 한 수련생의 경우에도 이러한 수련을 연중 수 회 지속적으로 한다는 것은 수련의 가장 중요한 고비를 자신도 모르게 넘어가도록 하는 효과가 있다.

이러한 효과는 수련중 고비를 만났을 때 내기가 외부의 조건을 조정하여 순탄하게 넘어가도록 지원하며, 따라서 인생의 역경을 완만히 넘어갈 수 있도록 하는 기능을 동시에 수행하고 있는 것이다.

100일이란 우주의 시간으로 볼 때 가장 기초적인 수련 단위이며, 이 단위를 통과함으로써 입적이 된 사람은 정규 입학이 된 것과 같은 효과를 지니는 것이니만큼 100일 수련 시의 집중 상태를 매 수련 시마다 유지하고 발전시켜 나갈 수 있도록 할 것을 요한다.

수련에 대한 열정이 높다면 집중이 잘 되어 성과도 높을 것이며, 성과가 높다면 앞으로 갈 길을 단축한 것이니 그보다 더한 축복이 없는 것이다. 수련의 성과는 본인에게 귀속되는 것이며, 그 누구에게도 가는 법이 없다.

이러한 것은 철저히 개인의 완성에 중점을 두고 있는 수련으로서 자신의 길을 자신이 가고 있음을 말해주는 것이니 수련의 의미를 자아 완성에 둠으로써 금생의 결론을 유도할 수 있도록 하라.

단체 수련이 서로에게 도움이 되는 것은 수련 시 기운을 강화하여 주변 도반들에게 기운을 전파함으로써 자신의 기운을 강화하는 것이다. 타 도반의 기운을 강화할 수 있도록 지원하는 것은 반드시 자신의 기운 강화로 돌아오는 것이다. 이러한 연쇄 효과는 도반 전체에게 미치는 효과가 엄청나게 되어 도반 전체를 감싸는 일정한 기운의 덩어리가 조성되는 것이니 나중에는 헤어져 있어도 함께 있는 기(氣)의 띠를 형성하게 되는 것이다.

이 기운의 띠에 포함된다는 것은 더욱 강력한 기운을 조성할 수 있는 기반이 되는 것이니 도반 상호간에 의리와 정으로 뭉친 기운을 조성한다면 그 자체가 수련에 있어 강력한 지원이 됨과 더불어 스스로 나아갈 수 있는 동력을 가지게 될 것이다.

축하한다.

– 앞으로 어떠한 점을 유념하여 수련하여야 할 것인지요?

미진한 부분을 보면 집중이 안 되는 사람이 있어 기운이 산발되는 경우가 있었으며, 따라서 집중을 하도록 독려하여야 할 것이다. 집중은 그 자체로 질병치료 효과가 있으며, 이 효과가 체력을 향상시키고 기운을 정화하여 선계 입적을 가능토록 하는 것이다.

집중을 하려면 호흡을 부드럽게 하여야 하는바 호흡을 부드럽게 하기 위하여는 가능한 한 감정적인 기복이 없어야 한다. 감정적인 기복이 있고서야 집중을 깊게 할 수 없으며, 집중을 깊게 하지 않고서는 선계를 보기 힘겨운 까닭이다.

각기 파장이 수직으로 올라가야 하나 파장이 옆으로 기우는 경우가 많은 것은 이러한 산만한 기운 탓이다. 집중에 전력하도록 지도하라.

– 알겠습니다. 헌데 이번 수련의 여파로 가정불화가 있다고 합니다. 어찌 해야할런지요?

가정생활이 평탄치 못한 것은 수련에 전념할 수 없는 분위기를 만들므로 깊이 집중할 수 없는 상태가 된다. 우선적으로 배우자를 설득한 연후에 수련에 들도록 할 것이다.

한 가지 방법으로 배우자가 수련을 원치 않으면 배우자가 원할 때까지 수련을 잠정 중단하는 방법을 생각해 볼 수 있다. 배우자란 금생의 반려로서 악연이든 아니든 일단 함께 하는 이상 상호간에 불이익이 가도록 할 필요가 없으니만큼 주의를 필요로 한다.

배우자의 반대가 심하다면 수련을 하여도 본인의 잠재의식 속에 수련에 대한 거부감이 조성되는 경우가 많으니 최소한 반대는 하지 않도록 설득함이 필요하다. 배우자를 설득시킬 수 있을 만큼 본인이 변한 모습을 보

여 주어야 하며, 이러한 모습을 보여준 후 다시 수련에 전념한다면 성과
가 있을 것이다.

− 100일 수련이 끝나면 어떠한 수련을 하여야 할 것인지요?

100일 수련이 끝나면 평상시의 상태로 돌아가 1,000일 수련에 들 필요가
있다. 1,000일 수련은 평상시의 수련을 일정 시간대에 일정한 방법으로
1,000일 간 계속함으로써 100일 수련의 효과를 배가함에 목적이 있다.

− 1,000일 수련의 방법은 어떻게 하여야 하는지요?

매일 새벽 5시에서 6시까지, 음력 12월에서 2월생은 동쪽으로, 3월에서 5
월생은 남쪽으로, 6월에서 8월생은 북쪽으로, 9월에서 11월생은 서쪽으
로 향하여 감사 인사를 한 후 108배나 도인법을 20여분 간 하고 스승이
지정하는 호흡을 20~30분 간 정도 한 후 다시 마무리 도인법을 하고 끝
내는 것이다.

생월에 따라 방향이 다른 것은 그 방향의 기운을 받음으로써 자신의 탁기
를 몰아냄에 가장 적당한 기운을 보충받을 수 있기 때문이다.

− 시간이 적당치 못한 경우는 어찌 하여야 하는지요?

1,000일 수련을 계속하는 것이 가장 좋으나 중간에 수련을 하지 못하는 경우가 생기면 저녁에 30분 간이라도 하는 것이 좋다. 선계의 기운이 지원되는 시기에 하는 1,000일 수련은 정성으로 임한다면 깨달음도 가능한 수련이다.

어쨌든 100일 수련의 완주는 대단한 것이다. 타당한 점수를 득한 수련생의 경우 수료증을 주도록 하면 좋을 것이다.

– 알겠습니다.

의념은 선인들의 통신법(허준 선인과의 대화)

― 수련생들의 탁기(濁氣) 때문에 고민이 많습니다.

탁기를 제거하는 방법은 수련중 의념으로 가능한 것이 있습니다.

수련은 의념을 강화하는 방법을 익히는 것이므로 의념으로 하는 방법을 익히면 선인이 되었을 때 등급을 용이하게 향상시킬 수 있는 것입니다. 의념은 선인들의 통신 방법이자 선계의 질서를 유지하는 방법인 것입니다.

수련이란 그 자체가 탁기를 없애 나가며 정기를 취하는 것이나 탁기란 없애도 없애도 항상 새로이 생기도록 되어 있습니다. 따라서 탁기를 없애려는 수련도 좋으나 탁기가 생기지 않도록 하는 수련이 더 좋은 것입니다.

그러나 속세에서 수련중인 인간으로서 탁기가 생기지 않도록 하는 것은 불가능한 것입니다. 따라서 탁기의 발생을 최소화하는 것이 가장 좋은 방법인바, 두번째는 탁기 속에서도 탁기의 영향을 받지 않고 수련을 할 수 있도록 하며 탁기를 걸러 정기로 만드는 방법을 익히면 더욱 좋은 것입니다.

수련장은 수련생들이 자신의 마음을 놓고 공부를 하며, 몸 또한 풀고 수련을 하므로 탁기가 항상 있도록 되어 있습니다. 그러므로 탁기에 대한 저항력을 키우고 이들을 제거할 수 있도록 의념으로 노력하면서 수련을 하여야 할 것입니다.

수련이란 탁기와의 싸움이며 이 탁기는 바로 자신이 쌓은 업과 앞으로 싸워야 할 업이 모여서 오는 것이므로 피한다는 것은 별로 좋은 방법이 아닙니다. 항상 그렇듯이 지더라도 맞아 싸우면서 지는 것은 나중에 후회는 없는 법입니다. 피하고 기권패를 당하면 나중에 복구할 기회는 금생에는 없을 수 있습니다.

탁기와의 싸움에서 이기는 방법은 곧 정신을 집중(의념)하여 자신의 단전에 천기를 축적시키는 것입니다. 정기가 축적되어 하단전, 중단전, 상단전을 전부 채우고 나면 탁기가 오더라도 주변에서 머물 수밖에 없게 되며 이러한 상태 하에서는 항상 몸이 쾌적하게 되는 것입니다.

이렇게 하는 방법을 소개해 드리면,

* 수련법은 생략합니다.

수련에도 다양한 방법이 있습니다. 이러한 다양한 방법 중 탁기를 제거하는 방법은 중요한 수련 중의 하나입니다. 전원이 합치하여 하면 효과가 클 것입니다.

탁기가 필요한 이유(허준 선인과의 대화)

탁기란 반드시 나쁜 것은 아니며 나름대로 긍정적인 면이 있는 것입니다. 인간이 정기만 가지고 수련을 한다면 정기의 강화가 되지 않아 허약한 기체(氣體)가 되고 말 것입니다. 그러나 탁기와 더불어 기운을 구별하며 수련을 하면 탁기에 대한 저항력이 배양되어 자신도 모르게 강한 기운을 가진 기체가 되는 것입니다. 따라서 탁기의 순기능을 익힌다면 역기능에 못지 않은 효과를 거둘 수 있는 것입니다.

선생이 시험에서 틀린 답을 내는 경우가 있듯이 수련에서도 반드시 올바른 해답만 제시하는 것은 아니며, 탁기와 정기의 구별 역시 수련생들에게 절대적으로 필요한 것입니다. 최초에 정기를 가르치는 이유는 기의 구별을 위한 것이며 마음의 기반이 다져진 후에는 어느 기운이든 수련이 되는 것입니다.

수험생이 문제집에서 정답과 오답을 찾아내는 것과 마찬가지로 우주에서 기운의 허실을 구별하고 내가 취해야 할 기운을 선별하며 이 기운을 이용하려는 의지를 갖는 것은 최초에 양(兩) 기운을 구별할 수 있는 능력이 생긴 이후에 가능한 것입니다.

가장 최선의 방법은 자신이 탁기를 걸러 정기화하는 걸름체가 되는 것입니다. 어떠한 기운이든 자신을 통과하면 정기화하고 강력해져서 이 기운만으로 어떠한 일도 할 수 있도록 되어야 하는 것입니다.

이 세상과 마찬가지로 우주 역시 정기와 탁기가 절반씩으로 구성되어 있습니다. 이 중의 선계, 즉 상계는 정기로 구성된 것이며 하계는 탁기로 구성된 것입니다. 양계(兩界)가 확연히 구별되는 기운으로 이루어진 것이며 이 기운은 변할 수 없는 것입니다. 하지만 인간의 경우 양계의 중간에 위치하여 어느 쪽으로든 갈 수 있으므로 가급적 정기를 취하여 선인이 되는 방향으로 이동하는 것이 수련의 목적인 것입니다.

따라서 선계로 가기 위해서는 모든 기운을 정기화하여야 하는바 탁기를 구별하면서 정기화하는 것이 필요한 것이지 탁기를 제외한 상태로 정기화하는 것은 아닌 것입니다.

그러나 수련생들의 경우 초기에 가급적 정기화된 환경에서 공부하는 것이 필요한바 이 정기화한 환경은 스승이 기본을 제공하고 나머지는 수련생들이 스승으로부터 배운 수련법을 실행함으로써 주변을 정화시켜야 하는 것입니다. 선생님이 매일 학교를 청소할 수는 없는 것이며 학생들이 학교 구내를 청소하는 것과 동일하다고 보면 되겠습니다.

우주의 법칙은 우주에서 통용되는 것이며 이 질서는 인간계에도 동일하게 적용되는 것입니다.

고학년, 선배들은 후배를 지도하여 지속적으로 수련장을 기(氣)적으로 청소하는 것이 필요합니다. 이 청소는 기존의 수련법 중 청소법을 이용하면 될 것입니다. 다만 전원이 합심하여 행하면 상승 효과가 발생하여 결과가 좋을 수 있습니다.

전원이 합심할 수 있는 마음의 기반만 조성된다면 탁기를 정기로 바꿀 수도 있음을 명심하고 수련을 하면 좋은 결과가 나올 것입니다.

토정 이지함 선인과의 대화

– 수련을 지도하는 수사(修士)들이 탁기 제거의 어려움을 호소합니다. 좋은 방법이 없겠는지요?

사람의 일이 무릇 갈등이 없이 되는 일은 없습니다. 이 갈등이 탁기화하는 것이며, 이 탁기가 사람을 발전시키는 원동력이 되는 것입니다. 그러나 이 탁기를 매일 정화하여 다시 맑은 상태 하에서 시작하는 것과 그렇지 않은 상태 하에서 시작하는 것은 많은 차이가 있습니다.

맑은 상태 하에서 시작하는 것은 다시 자신을 돌아보게 되므로 발전의 원동력이 되는 것이나 그렇지 않은 경우는 본래 탁기로 이루어진 자로 자신을 측정하게 되므로 정확히 측정할 수 없게 되어 발전이 더딘 것입니다.

탁기가 많은 것은 본인의 업의 결과이며, 수련 지도 중 탁기가 많은 후배를 만나는 것 역시 선배의 업입니다. 이 선배의 업은 후배의 탁기를 태워 없애줌으로써 후배를 맑게 해 주는 것이며, 이 역할을 다하지 못하는 것은 선배의 노력이 부족한 것에 기인한다고 하겠습니다.

탁기가 많은 것에는 두 가지가 있습니다.

우선, 발전을 위한 갈등이 있는 것이며, 이러한 경우는 우주의 발전에 긍정적인 역할을 할 수 있는 것입니다. 이러한 탁기는 받아들여도 별 문제가 없는 것이며, 받아들인 후 단전으로 끌어내려서 태워 버리면 깨끗해지는 것입니다.

이러한 후배가 있는 경우에는 선배의 노력이 약간만 있어도 후배는 맑은 상태를 유지할 수 있도록 되는 것입니다. 이렇게 후배의 탁기를 태워 없애주는 일은 선배의 공덕 중 아주 큰 공덕이 되는 것입니다.

다음은 발전을 하지 않는 상태 하에서 탁기가 많은 것입니다. 이러한 경우는 발전을 위하여 노력하도록 선배가 이끌어 주어야 할 것입니다. 이러한 선배의 노력 역시 커다란 공덕이 되는 것입니다.

선배란 탁기를 태울 수 있는 방법을 익힌 후 방법을 전수함으로써 나중에는 후배가 스스로 자신의 탁기를 태울 수 있도록 하는 것에 수련의 중점을 두어야 할 것입니다.

이러한 방법은 일전에 알려드린 단전으로 끌어서 태우는 방법을 사용하면 되는 것이며, 이 방법으로 수많은 후배들을 탁기에서 구할 수 있는 것입니다. 선배는 탁기를 제거함에 익숙해져야 하는 것이며, 그 어려움을 호소한다면 선배다움을 갖추기가 힘들 것입니다.

한 명의 후배를 구하더라도 확실히 구해야 하는 것이며 이러한 노력이 쌓이고 쌓여서 선배의 공덕이 되는 것이니만큼, 선배로서의 임무를 소홀히 하지 않도록 하는 일은 바로 탁기를 태우는 수련을 열심히 함으로써 후배를 탁기에서 구해 낼 수 있어야 하는 것입니다.

큰 선인들은 온 세상의 탁기와 맞서 이기며 하늘의 뜻을 전파하였음을 안다면 앞으로는 모든 것이 쉬워질 것입니다.

탁기를 스스로 태워 없앨 수 있다면 이미 후배가 아닐 것이며 그가 선배가 될 것입니다. 선배의 공덕을 쌓는 일에 소홀함이 없도록 하는 것은 선배로서 가장 중요한 일 중의 하나임을 명심한다면 앞으로는 탁기로 인한 불평은 없어야 할 것입니다.

2장
정(情)공부

사랑을 시작하려는 분에게

남녀 간의 사랑을 시작하려는 모든 수련생에게 부탁드립니다.

인간적인 사랑은 선계의 입적권과 맞바꿀 만큼 비중이 큰 일이기에 과연 자신이 하려는 사랑이 그만한 가치가 있는 일인지 따져보시라고….

자신이 사랑하려는 사람이 본인의 진화보다 더욱 중요한 가치를 지니는 사람인지를 가려보시라고….

또 인간적인 사랑은 반드시 후유증을 남기며 그 고통은 적어도 3년 정도 걸리는 힘든 일이기에 고통을 감내할 자신이 있는지 살펴보시라고….

수련의 길은 예정되어 있지 않습니다. 꽃길일 수도 있고, 가시밭길일 수도 있습니다. 저는 여러분들이 꽃길을 다정한 도반들과 함께 가기를 원합니다. 헌데 가끔 바보들은 스스로 가시밭길을 선택하여 중도에 피투성이로 생(生)을 마감하기도 합니다.

선계가 원하는 것은 오직 한 가지 '버리는 것'입니다. 인간적인 사랑을 버리면 어느 누구도 고통받지 않고, 오히려 아픈 상처를 치유해주는 우주의 사랑을 주십니다. 인간적인 사랑으로 인해 여러 사람에게 돌이킬 수 없는 고통과 상처와 충격을 주는 것은 크나큰 죄가 아닐 수 없습니다.

사랑을 시작하려 할 때는 선계가 축복하는 사랑인지, 적절한 시기인지, 누군가에게 상처를 주는 사랑은 아닌지 반드시 검토해주실 것을 간절히 부탁드립니다.

여성 편력을 계속하는 수련생

금번 일은 잠재되어 왔던 문제점이 드러난 것이다. 원래 일은 등잔 밑에서 일어나는 것이며, 항상 등잔 밑을 잘 지켜보지 않음으로 인하여 모든 문제가 감당할 수 없게 되는 것이다.

O은 오늘 스승으로부터 마지막 경고를 받게 될 것이다. 임원으로서 하여야 할 일을 정상적으로 하지 못했음은 물론 신성한 수선재에서 속(俗)의 가치관을 적용하고 사사로이 행동한 것은 천벌의 감수를 자청한 것이라고 볼 수 있다.

O의 선계 등극 자격은 금일 스승의 조치와 무관하게 본인의 심성이 정상화될 때까지 박탈될 것이며, 모든 기(氣)적인 발전 역시 중지될 것이다. 수선재에 대한 공(功)보다 더욱 크게 중요한 것은 전체 수련생의 마음을 흔들어 수련에 지장이 초래되도록 해 놓은 것이다. 따라서 선계의 명부에서 일단 삭제될 것이며, 인간으로서 삶을 마감한 후에는 중생으로 수십 생을 태어남이 마땅하다.

하늘은 모르는 것이 없으며, 하늘에 등재된 것은 절대 지워지는 법이 없다. 인간의 기운이 인간의 기운인 것 같아도 하늘의 기운이며, 하늘의 기운은 증거가 사라지는 법이 없으니 어찌 인간으로서 스승과 하늘을 속이려 하는가?

타 수련생들 역시 본인의 내부에 잠재되어 있는 업이 드러난 것이며, 강력한 본능의 집착을 열고 본성을 향하여 나갈 수 있는 자만이 수선재의 참 식구로서 등재될 것이다.

내게 누군가가 불순한 의도로 접근한다는 것은 그 원인의 일부를 내가 제공하는 것이며, 그 원인의 제거로써 자유로운 자신을 만들고, 그 자유로운 자신을 통하여 해탈을 구하는 것이 바로 수련이다.

어디에든 얽매여 있다면 자유롭지 못하고, 자유롭지 못함은 곧 벗어날 수 없음을 말해주는 것이니 벗어남의 기본적인 전제 조건은 본인의 내부에 있는 원인을 제거하는 것이다.

스승은 앞으로 사람의 겉모습을 믿지 말라. 사람을 믿는다는 것은 본성을 가리고 있는 막을 열지 못할 가능성이 있으니 사람의 겉모습을 믿지 말고 있는 그대로의 본성을 찾아서 볼 수 있는 수련을 하도록 하라.

금번의 일은 성장 단계에 있는 수선재 전체로 볼 때 아직은 용서될 수 있는 수준이다. 앞으로 수선재가 커 나감에 따라 가장 중요한 틀 하나를 만들어 나가는 계기가 되었다고 할 수 있다.

성을 벗으면 대자유

인간은 다양한 욕구를 가지고 있으며, 이 중 가장 본능적인 욕구가 성욕이다. 원래 이 성욕은 존재 본능에 기반한 것으로서 자신의 종족을 보존하는 기능을 가지고 있었으나 인간이 이를 향락의 대상으로 이용하기에 이르렀으며 이에 대한 다양한 극복 처방이 종교 등을 통하여 내려오게 되었다.

우주의 프로그램 상으로는 동물은 성욕을 통하여 상대방을 찾고, 상대방을 통하여 종족을 보존시키며, 종족을 보존시킴으로써 지구별의 생태계가 보존되도록 되어 있다.

허나 인간들이 이 성욕을 자의적으로 해석하고 이를 이용한 각종 폐해가 발생함으로써 하늘의 입장에서 본다면 인간이 자신의 본성을 찾아 들어감에 기준으로 이용할 수 있는 더없이 좋은 측정 도구가 된 것이다.

성욕이란 필요한 경우 이외에는 사용하지 않아도 전혀 생활에 지장이 없는 것이나 이것이 주기적으로 인간들의 마음에 동요를 일으키고 이

동요가 문제시되는 것은 본성이 이끄는 방향과는 정반대 되는 본능의 방향으로 수련생들을 이끈다는 것이다.

이 성욕은 상당한 수련 경지에 이르러서도 벗어나기가 쉽지 않다. 인간으로 있는 한 자신의 몸을 통하여 전달되는 다양한 가르침 중 한 가지인 성욕을 통하여 하늘이 내리는 배울 점이 있기 때문이다. 이 성욕은 자신을 찾아 들어감에 가장 반대되는 방향으로 흐르고 있어 이를 극복하는 것이 수련의 첩경이기도 하다.

수련은 정(靜)을 추구하는 것이요 성욕은 동(動)을 추구하고, 수련은 자아에게서 구하는 것이나 성욕은 타인에게서 구하는 것이며, 수련을 통한 자아와의 합일이 영속적 즐거움이라면 성욕은 육신의 일시적 향락이며, 수련은 자신의 몸을 버리는 것이나 성욕은 자신의 몸을 이용하여 향락을 구하는 것이다.

수 년 내지 수십 년의 수련 공덕이 성욕의 무절제로 한 순간에 상실되는 경우가 있음은 이 성욕이 얼마만큼 강력한 유인력을 가지고 있는가를 알 수 있다. 수련으로 인한 축기가 성욕으로 상실되는 것은 수련생이라면 누구나 겪는 일이며, 따라서 이를 극복하는 방법으로 최소한도의 기본 축기를 위하여 수련 초기 100일 간의 금욕 기간을 설정하여 준수하도록 하는 것이다.

수련생은 성욕이라는 거센 맞바람을 극복하고 앞으로 나아가 자신을 찾아내야 하는 것이며, 성욕을 견디는 능력이 수련을 통하여 찾아질 때 진정 자신을 찾아 들어갈 수 있는 것이며, 이 단계를 넘으면 약간씩의 해욕(解慾)이 가하나 가장 바람직스러운 것은 인내이다.

수련을 방해하는 가장 중요한 관문 중의 하나가 바로 성욕인 것이니 정반대 방향으로 작용하는 본능의 힘을 극복하는 방법은 '본성을 향한 극기와 인내'로 승부하는 것이며, 성욕을 향하여 움직이려는 자신을 다잡고 이를 돌려 본성으로 향하는 것은 가장 큰 유혹을 뿌리치고 그보다 더 큰 것을 구하는 것이다.

성욕은 흔들림을 만들어 내는 원인 중의 하나이니 수련생에게 결정적인 영향을 주는 것이며, 자신과의 싸움에서 이길 수 있는 가장 가까운 방법이다.

성욕은 그 강력한 유혹으로 인하여 값어치 있는 도구가 되는 것이니 수련생들은 이성 도반에 대한 필요 이상의 관심과 호의가 상대방의 수련을 결정적으로 저해하는 수련방해 행위가 될 수 있음을 명심하여야 하며, 자신이 진정 상대방을 위한다면 상대방이 금생에 견성(見性)할 수 있도록 마음을 가라앉히는 방향으로 지원해주는 것이 옳은 것이다.

선계의 기준은 육체적, 동물적인 것이 아니며 정신적, 선인적인 것이니 선계란 진정한 자유를 누릴 수 있는 곳이다. 성욕의 울타리에서 벗어나 수련생 모두가 진정 대자유의 선계에 등극할 수 있도록 하라.

인간에게 성욕이 내려온 이유

인간에게 성욕이 내려온 이유는 두 가지이다. 하나는 종족 보존을 통하여 인간의 윤회가 가능하도록 함이요, 두번째는 선인이 되기 위한 강력한 시험 도구로서이다.

따라서 종족 보존은 본능의 선에서 출발하여 본능의 선에서 그치게 되나 선인이 되기 위한 성욕의 활용은 본성을 추구하기 위하여 본성으로 향하여 나아가는 것이다. 종족 보존은 성욕을 활용함으로써 가능하며, 선인화는 성욕을 억제함으로써 가능하다.

양자는 이렇듯 상호 어긋나는 방향으로 진행되는 것이며, 이러한 반대 방향으로의 분열은 인간의 감정에 가장 큰 부담을 줌으로써 양단간에 무엇이든 결론을 내리도록 되어 있다.

인간이 성욕이냐, 수련을 통한 진화이냐를 선택하는 것은 수련의 과정에서 절대 필요한 것이다. 수련이란 자신이 가지고 있는 모든 에너지를 총집결하여 돌파하여야 할 난관이 중첩되어 있다.

잡념이 허용되지 않는 순도 100%의 집중으로 돌파하고자 해도 될까 말까 한 관문이 수없이 존재하는바 이러한 난관을 돌파함에 잡념을 가지고 임한다는 것은, 초고강도의 내(耐)마모성을 가진 금속으로 바위를 뚫고 나가고자 하여도 될까 말까한 것을 강도 미달의 금속으로 뚫어보고자 하는 것과 같아 가능할 수가 없는 것이다.

이러한 성욕을 극복하고 본성으로 나아가는 수련법은 두 단계가 있다.

첫째는 자신의 내부를 성찰하는 과정을 통하여 잠재되어 있는 자신의 본성을 일깨우는 것이며, 둘째는 일깨워진 본성을 통하여 본능의 영역에 자리하고 있다가 외부로 표출되려는 움직임을 보이는 성욕 에너지를 순화시켜 단전으로 끌어들임으로써 선인화의 에너지로 사용하는 것이다.

들판에서 날뛰던 들소를 길들여 논밭을 가는 순한 동물로 이용하는 것과 같은 현명함이 여기에 있다. 많이 날뛰던 소는 에너지가 충만하므로 더 많은 밭을 갈 수 있는 것과 동일한 것이다.

수련 과정에서 이러한 문제점을 극복하지 못하고 넘어간다면 나중에 반드시 재발함은 물론 재발 시에는 자신이 그동안 공들여 쌓아 놓은 에너지마저 본능의 차원에서 소모하게 되므로 수련 과정에서 쌓은 에너지를 유지하기 위하여는 지속적으로 자신을 관리할 필요가 있다.

성욕은 부모의 재산을 가지고 가출하려는 탕아와 같아 항상 외부로 분출되려는 힘을 가지고 있으므로 기운을 안으로 받아들여 공들여 단련하여야 하는 축기(蓄氣)와 항시 대립되는 각도에서 기운을 외부로 방출하려고 호시탐탐 노리고 있어, 이를 어떻게 다루는가는 수련에 있어 가장 큰 적이면서 또한 수련을 가장 결정적으로 도와주는 기능을 하는 친구이기도 한 것이다.

선인의 도리, 인간의 도리

성욕이란 인간이 가장 끊기 힘든 욕망 중의 하나로서 식욕, 수면욕 등과 더불어 인간을 영원히 고통에서 벗어나도록 할 수 있는 도구이다. 대부분의 극기 수련이 이러한 것을 수단으로 하여 이루어지며, 이러한 관문을 통과하였을 때 그 사람의 격이 달라지는 것이다.

성욕을 벗는 것은 자신의 내부에 존재하는 것을 벗는 것이며, 자신의 외부에 존재하는 것에 대한 포기 즉 금전이나 기타 물건에 대한 욕심을 비우는 것은 이것에 비하면 연습이라고 할 수 있다.

수련 과정은 점차 난이도를 높여 심도 있게 진행되는 것이며, 이 심도 있는 수련의 완성은 인간으로서 벗을 수 있는 가장 큰 짐을 벗어놓은 것과 같아 성취감 또한 이루 말할 수 없이 큰 것이다. 가장 큰 얻음은 가장 큰 비움과 동일한 것이며, 내가 이 세상에서 가지고자 했던 것들이 사실상 가장 큰 짐임을 안다면 얻음의 목표가 버림에 있어야 함을 알 수 있는 것이다.

성욕의 결과인 자녀의 출산은 부모의 무한 희생을 강요하며 세속의 기준은 이러한 희생을 거부하는 사람들에게 패륜의 굴레를 씌워 비난하고, 성인이 된 자녀 역시 자신을 낳아 준 부모에 대한 도리를 제대로 하지 못할 경우 동일한 비난을 받는 것이다.

이 과정에서 상호간의 정과 의리, 도리에 대하여 공부를 하게 되나 이러한 것들은 인간적인 것으로서 이 단계를 벗고 나서야 선인의 과정에 들 수 있는 것이다.

인간적인 것은 선인적인 것과는 전혀 다른 것이며 때로는 인간적인 것과 선인적인 것이 정반대의 입장에 서는 경우도 있다.

본능의 깊이로 다가설수록 선인이 되는 것에서 멀어져 인간적인 면과 선인적인 면이 다르게 되며 양자의 기준이 전혀 달리 적용되는 것이다. 따라서 가장 본능적인 것에서 얼마나 멀어져 있느냐가 바로 얼마나 선인에 가까워졌는가를 측정하는 도구가 되는 것이다.

인류 역사를 빛낸 대부분의 위인들이 바로 이러한 것을 실천한 분들이며, 이들이 가장 위급한 상황에서 추구한 대의는 바로 인간적인 면을 떠난 선계의 도리, 즉 천리(天理)였음이 이를 증명해 주고 있다.

성욕의 분출은 인간의 사슬에 지속적으로 연결되어 계속 작은 즐거움을 누리면서 살고자 함이요, 성욕의 절단은 인간의 사슬에서 벗어나 윤회의 업을 끊고 선인이 되고자 하는 자신을 위한 하나의 노력이자 다짐인 것이다. 큰 것을 버리면 더욱 큰 것을 얻을 수 있는 선계의 법리는 큰 것을 구하려는 마음이 없이 큰 것을 버릴 때 더욱 큰 것이 오는 것이다.

본능을 벗고 본성으로 갈 수 있도록 준비하라.

성욕을 이기는 법

이 세상에서 인간 상호간에 정을 나누는 것은 여러 가지 방법이 있다. 첫째는 물질을 나누는 것이요, 둘째는 마음을 나누는 것이며, 셋째는 기운을 나누는 것이다.

이 중 성욕은 물질인 몸을 통하여 기쁨을 구하고자 하는 기초적인 단계이며, 마음을 나누는 단계가 다음 단계인바 이 단계에서 정신적인 사랑이 추가된다. 기운을 나누는 단계는 이 두 가지를 넘은 마지막 단계로서 우주의 근본 구성물질인 기(氣)를 나누는 것이다.

물질이란 기가 형상화한 것으로서 기운으로 구성되었으되 기운 그 자체는 아니며, 이미 변형된 것이다. 그 변형 과정에서 기운이 소모되어, 원목이 숯이 되는 과정을 거친 것과 같이 기가 소모되어 기의 양이 줄어들므로 원래의 상태와 같은 에너지를 가지고 있지 않다.

물질이 다시 원래의 기운으로 돌아가기 위하여는 숯이 땅으로 돌아가서 다시 나무에 흡수되어 커 나가야 하는 것과 마찬가지로 수많은 시간을 두고 변화 과정을 거쳐야 가능하다.

인간의 마음이란 인간의 의식이 움직일 수 있는 범위 내에서 움직이는 것이며, 우주의 입장에서 본다면 좁디좁은 범위에 국한되는 것이다. 그 한계는 너무나 협소하여 보는 것 이상 생각할 수 없으며, 만지는 것 이상 느낄 수 없고, 아는 것 이상 풀어낼 수 없다.

기(氣)란 이러한 단계를 넘어 존재하는 원천적인 것으로서 우주를 구성하고 있는 근본 물질이며, 무엇으로도 변화가 가능하다. 따라서 이 세상 만물의 어떠한 것으로도 변형이 가능하며 기 자체의 에너지가 저하되지 않은 100%의 상태로 존재하고 있는 것이다.

따라서 물질이나 인간의 마음이 움직일 수 있는 기의 양은 본래의 기에 비유해 본다면 수련 고수의 경우 수천 분의 일 정도에서, 미 수련생의 경우는 수천조 분의 일 정도에 머무는 것이다. 이 수천 분의 일만으로도 지상의 변화를 유도함에는 전혀 지장이 없으나 모든 것을 우주의 도리에 맞추어 운영하여야 하므로 가급적 천리에 거스르지 않고 행하는 것이다.

원래의 기운의 의미를 완전히 알고 나면 성적인 교류를 한다고 해도 기운이 섞이는 것은 적으며, 마음을 주고받는다고 해도 기운이 가는 것은 일부임을 알 수 있을 것이다.

물질은 물질 자체가 기운이기는 하나 그 기운이 물질화한 상태로서 이미한 번 변화한 상태이며, 마음 역시 하늘의 마음이 아닌 이상 인간의 마음으로 움직일 수 있는 기운은 한정되어 있기 때문이다. 인간은 물질의 경우 물질이 가야 확인되는 것이며, 마음이 움직이면 그것이 물질로 표현됨으로써 알아낼 수 있는 구조로 되어 있다. (즉, 슬픈 마음이 물질인 눈물로써 전달되는 것과 같다.)

수련중 마음을 모아 움직이는 기운은 인간의 마음의 힘으로 움직일 수 있는 수준의 기운으로서 아주 초보적인 기운이 움직이는 것이다. 사람이 입으로 불어내는 바람과 태풍이 부는 것을 상상하면 그 비교가 가능할 것이다. 따라서 인간이 마음으로 움직이는 기운은 소규모의 이동이라고 할 수 있는 수준의 적은 기운인 것이다.

진정한 기운은 선인의 단계에서만 움직일 수 있는 기운으로서 우주의 변화를 이끌어내고 천지를 창조하며 하늘과 땅을 뒤바꿀 수 있는 힘을 지닌 기운인 것이다.

기운이란 이렇게 상상할 수 없을 정도로 어마어마한 힘과 의미를 가진 것이며 손바닥이나 기타 신체 부위로 하는 지감 정도는 기운의 초입에서 구경만 하는 것과 다를 바 없다고 할 수 있다. 허나 기운을 알고 기운에 대한 의미를 알면 기운의 실체에 한결 접근한 것으로서 이것만 가지고도 금생에 윤회의 업을 벗을 수 있는 단초(端初)가 되는 것이다.

물질을 나누면서 기를 운운한다는 것 자체는 기를 잘 알지 못하는 단계의 일이며, 터무니없는 일을 기와 연관시키는 것 자체가 하늘의 입장에서 보면 가소로운 것이다. 이러한 기는 수련으로 나눌 수 있는바 수련중 자신의 기운이 하늘에 전달되고 이 기운이 다시 내려옴으로써 가능한 것이며, 그렇지 않으면 기운이 간다고 해도 극히 일부에 지나지 않으며 정화되지 않은 기운이 오고 감으로 인하여 오히려 혼선만 생기는 것이다.

성욕은 이러한 혼선 발생의 주원인이 되는 것 중의 하나로서 수련에 가장 방해가 되는 것이며, 특히 도반끼리는 상호 정화시켜 주어야 하는 입장임에도 속의 인간의 기준으로 판단하여 상대방의 심지를 어지럽히거나 마음을 흔드는 것은 결코 있을 수 없는 일인 것이다.

따라서 성적으로 해결되는 것은 아무 것도 없으며, 혼선만 초래함으로써 업을 만들고 수련 기간을 연장시키거나 윤회의 사슬로 돌아가도록 하는 결과를 만들어낼 뿐인 것이다.

인간이 몸을 가진 상태에서 선인이 되고자 함은 바로 이러한 과정을 넘고 넘어서 가야 하는 과정으로서 극기와 인내로 가능한 것이며, 선계수련이 타 수련과 차이가 나는 것은 바로 이러한 점을 정확히 알고 하늘의 뜻에 맞추어 나아감에 있는 것이다.

하늘의 뜻은 인간이 호흡으로 하늘의 마음을 알고 이것을 행동으로 옮겨낸 것으로 하며, 나아가 하늘의 뜻을 따라 진화의 대열에 합류하는 것이다.

작은 욕망에 휩쓸려 자신을 버리지 말라.

* 금년이 끝나기 전에 성욕의 실체를 알고 뿌리뽑을 수 있는 마음 자세를 갖추게 되기를 바랍니다. 인간은 성욕을 졸업해야만 비로소 우주의 실체인 본성을 볼 수 있는 눈이 열리게 됩니다.

3장

몸을 교재로 공부하는 수련생들

수련생의 질병에 대하여

사람의 일은 모든 것이 거의 예정되어 있었던 것이나 수련을 하면서 운명에서 벗어나려는 움직임이 서서히 잉태되게 된다. 이 기운은 타 영체나 기체가 가장 좋아하는 기운으로서 이 기운을 가진 사람들이 있는 곳에는 다양한 기적 변화가 일어난다. 본래의 자신의 대열에서 벗어나려는 이 변화에 대한 저항 중 가장 큰 것이 바로 외기(外氣)가 자신의 가장 허약한 부분을 치고 들어오는 것이다.

이것은 다양한 유혹의 형태로 오는바 질병으로 오기도 하고, 복처럼 보이나 실상은 해악으로 오기도 한다. 개개의 수련생들은 수련을 시작하고 나서 다양한 시험에 드는바 이러한 시험은 이제 막 수련을 시작하여 조금 하였다고 해서 벗어나는 것이 아니다.

수련을 완성하기까지에는 수많은 유형의 시험이 있으며 이 시험의 강도 역시 높아지는 것이다. 초등학교에서는 초등학교 시험을 보지만 고등학교에서는 고등학교 문제지를 받아 시험을 치루고, 대학에서는 대학에서 배운 내용에 해당하는 시험지를 내주고 시험을 본다.

현재의 수련생들은 이제 수련생으로서 초보적인 단계를 가고 있는 것이며, 수련의 문턱에 들어섰다는 것만으로 건강을 비롯한 모든 것이 저절로, 또는 스승의 영향으로 해결될 수 있을 것이라는 막연한 기대만으로 독립 의지를 약화시킨 채 의타심으로 수련을 한다면 지속적인 시험을 견디기 힘들 것이다.

하늘은 스스로 돕는 자를 돕는다는 말은 자신이 최선을 다하고 나서야 하늘의 지원이 있음을 말해주는 것이지, 자신이 최선을 다하여 스스로 도울 채비가 되어 있지 않은데 하늘이 도와준다는 것은 자신에게서 기운이 새어나가는 부분을 막지 않은 채 남(하늘이나 스승)의 기운으로 막아보려는 것과 같아 부도날 업체에 추가로 투자를 하라고 하는 것과 같은 것이라고 할 수 있다.

자신이 최선을 다하여 생명을 내던질 만큼의 최고 단위 극기수련을 하여 깨달음의 실체를 보지 않은 상태에서 일상적인 수련에 참여하는 정도의 수준만 가지고 '수련을 하니까 하늘이 도와줄 것'이라는 의타심은 수련생들이 가장 빠지기 쉬운 유혹이며, 이 유혹이야말로 가장 자신을 약하게 만들어 자아를 찾으려는 수련의 본질에서 벗어나게 만드는 핵심 요소 중의 하나인 것이다.

수련의 목적이 자신을 찾아 들어감에 있으며, 수련에 기대어 편히 가고자 함에 있지 않으니 수련의 본질을 찾아 들어가는 순간 자신의 기운이 전혀 다른 기운으로 바뀔 것이다. 스스로 해결하지 못하고 타의 도움을 기대하는 의타심은 곧 수련에 가장 방해가 되는 것이며, 누구에게도 도움이 되지 않는 것이다.

허나 수련 정도가 아직 높지 않은 단계에서 신체의 일부에 질병이 발생하는 경우에는 자신의 의지가 약화될 수 있으므로 속(俗)의 가능한 치료방법을 사용하여 치료할 것을 권한다. 의선(醫仙)이나 천기를 운용하는 선인들의 경우 자신을 통제할 수 있는 수련생에게 천기를 내리는 까닭이다.

가장 중요한 것은 스스로 나을 수 있다는 마음가짐을 갖는 것이다. 내 몸은 내 것이 아니며, 금생에 내가 최대한 이용하여 목표한 바 결과를 거둘 수 있는 수단이다. 이 몸이 불완전해서는 목표의 달성을 자신할 수 없다.

자동차가 좋아야 목적지에 무사히 도착할 수 있듯이 몸에 이상이 없어야 수련을 완성시킬 수 있는 것이다. 최소한 목적지에 도착할 때까지 고장나지 않도록 하겠다는 자신의 의지가 있으면 이 길을 가는 다른 운전자(도반)들이 도와서 해결할 수 있을 것이다.

이렇게 서로 용기를 북돋우며 나가도록 하여야 하는 현재의 단계는 속의 방법으로 해결하여야 하는 단계이며 자신의 의지가 부족함이 없을 만큼 되면 병마가 침입할 여지가 없어지는 금강불괴가 되는 것이다.

이것은 의지의 문제이며, 수련으로 우리가 가고자 하는 바로 그 단계의 앞에서 겪어야 하는 과제라고 할 수 있다. 먼저 용기를 내고 속의 모든 방법을 강구하여 스스로 몸의 소중함을 알고 자신의 몸을 돌볼 때 하늘의 도움이 있을 것이다. 이 단계에 와서야 비로소 스승에게 문의가 허용된다. 수련생들은 이 점을 명심토록 하여라.

* 이상은 천강 선인의 말씀이십니다.

– 첫째, 마음을 편히 하십시오.

– 둘째, 가능한 모든 속의 진단 방법을 사용하여 유혹의 실체를 확인하십시오.

– 셋째, 가능한 치료 방법을 사용하여 치료를 받으십시오.

– 넷째, 나을 것이라는 자신을 잃지 마십시오.

도인법을 많이 하십시오. 가장 필요한 것은 절입니다. 하늘에 절을 하십시오. 절은 임독맥 유통수련의 기본입니다. 마음을 낮추고 절을 하십시오.

– 다섯째, 마음을 약하게 먹지 마십시오. 수련생을 망하게 하는 가장 결정적인 유혹인 것입니다.

– 여섯째, 인간으로서 할 수 있는 모든 것을 하였다고 생각되면 그 때 하늘에 의지하십시오. 하늘은 그대로 계시는 법이 없습니다. 인간의 할 바를 다 하지 않은 상태에서는 지켜보기만 하십니다.

이 수련의 목적은 살아 있을 때 편히 가자는 것이 아니라 살아 있는 동안 어떠한 고생을 하더라도 본래의 자신(선계)을 찾아가자는 것임을 명심하시고 고해의 의미를 되새기며, 자신이 할 수 있는 모든 방법을 찾으십시오.

하늘은 자신이 할 수 있는 일을 다 하였다고 생각되면 그 때 움직이십니다. 인간은 크고 작은 욕망으로 인하여 엄청난 기(氣)를 소모하므로 하늘은 인간이 원하는 바를 절대 다 하여 주시지 않습니다. 하여야 할 단계에서 할 만큼만 움직이십니다.

* 이상은 정려(우주에서 수(水)기운을 관장하는 의선) 선인의 말씀이십니다.

선계 수련을 위한 세가지 준비

금년은 신사(辛巳)년으로서 화(火)기운이 많은 해입니다. 사(巳)는 음화(陰火)이기는 하나 성질은 양화(陽火)인 오(午)보다 오히려 강한 화입니다. 그러므로 자연히 수(水)를 낳는 금(金)기운을 극하게 되어 수기는 약화됩니다.

가뭄이 심한 것도 그 영향이며, 신장 기능은 허하게 되고 방광 기능은 실하게 됩니다. 따라서 심장병이나 신장병(생식기 포함)이 발생하기 쉽습니다. 특히 화에 해당하는 질병과 수에 해당하는 질병에 유의하시기 바랍니다.

천지에 화가 가득하니 운기(運氣)가 좋지 않습니다. 건강에 유의하십시오.

천서 '선계수련의 3단계'에서 보셨듯이 우리 수련은 갈 길이 멉니다. 초각을 마치면 선계수련에 입학 자격을 부여받았다고 보며, 중각을 마치면 이제 시작이라고 보며, 종각에 들어서야 본격적인 공부가 시작된다고 보는 기나긴 과정입니다.

따라서 선계수련에 입회하기 전에 마치셔야 할 준비 과정 '경제적 자립, 신체적 자립, 정서적 자립'에 해당하는 부분은 각자가 해결하여야 할 기본 과정입니다.

그런 과정을 해결할 능력이 있어야 비로소 수선재에 입회할 자격이 부여되는 것입니다. 미처 준비를 갖추기 전에 입회하신 분들은 수련하는 과정에서 스스로 조건을 갖추시기 바라며, 수련중에 부실한 곳이 드러나는 분들도 끊임없이 본격적으로 수련에 들 조건을 갖추기 위하여 노력하여야 합니다.

따라서 앞으로는 질병에 대한 문의, 가족에 대한 문의, 직업에 대한 문의는 받지 않겠으며, 질병에 대한 문의는 병원에서 방법이 없다고 할 때 물어주십시오. 또한 부동산 매매라든가 하는 세속적인 차원의 것도 받지 않겠습니다.

저를 보호하시는 길이 스스로를 보호하는 길이며, 도반들을 보호하는 길이며, 선계수련의 발전을 위하는 길입니다. 개인적인 일은 개인적인 차원에서 해결할 수 있을 때 비로소 선인이 되는 선계수련을 할 수 있다고 봅니다.

절 수련은 '지수화풍 수련'을 하듯이 마음을 모아 하되 절 한 번에 임독맥이 한 번 유통될 수 있어야 합니다. 숫자에 매이지 마시고 천천히 하십시오. 절을 하는 마음가짐은 '저의 모든 것을 진화시켜 주십시오.'라고 기

154

도하는 마음으로 하십시오.

'수련생의 질병에 관하여' 천서를 적어도 열 번 이상은 읽으시고 내용을
마음에 새기시기 바랍니다. 유혹의 형태는 반드시 질병은 아니며, 특히
남녀관계의 형태로 많이 옵니다.

수술에 대한 천서

* 수선대의 OOO님이 현재 서울대학병원에 입원하여 신장이식 수술을 준비하고 있습니다. 관련 천서를 공개하니 전 수련생이 한마음으로 성원하여 주시면 고맙겠습니다.

OOO

가. 앞으로의 조치

선천적으로 약한 신장을 가지고 태어났다. 약한 장기를 가지고 태어난 경우 건강이 악화되면 이러한 장기에 집중적으로 부담이 가는바 질병으로 나타나는 것이다. 금번 경우는 이러한 조건 속에서 생활하고 있던 도중 모인 모든 원인이 신장을 통하여 나타나므로 문제가 된 것이다.

O의 경우 천도가 약속되어 있으니 여생을 부담 없이 수련한다는 마음가짐으로 보내도록 하라. 이미 본인이 가고 싶은 대학에 합격하고 난

이후의 고3 수험생과 같은 입장이니 본인이 마음을 편히 할 수 있는 모든 조건이 갖추어졌다고 할 수 있다.

마음이 편하다 함은 몸을 편하게 할 수 있는 조건을 갖추는 것이니 몸이 편해지면 질병에 대한 저항력이 강해져서 저절로 나을 수 있는 기반 역시 조성하게 되는 것이다. 마음을 편히 가지도록 하라.

몸은 그 다음인 것이니 편한 마음을 가지고 재무장하면 건강은 저절로 해결될 수 있는 것이며, 이미 정성이 하늘에 닿아 천도가 약속되어 있으니만큼 사후의 보장은 받아 놓은 것이다. 천 년을 살아도 안 되는 경우가 있는 것이며, 일 년을 살아도 자신의 목적을 달성하는 경우가 있는 것은 본인이 어떠한 과정을 밟아 자신을 다스려 나가는가에 달려 있다.

나. 수술 전후의 마음가짐

수술 전후 역시 모든 것을 받아들이는 마음가짐을 가지고 자신을 관조하는 시간을 가지도록 하라. 육체적인 고통은 차라리 낫다고 할 수 있다. 진정한 고통은 마음에서 오는 것임을 명심하고 육신을 통하여 마음에서 벗어나는 방법을 익혀 볼 것을 요한다. 절호의 기회이니 이러한 기회에 자신을 다스릴 수 있는 마음가짐을 가질 수 있도록 하라.

다. 수련법

특별히 어떠한 수련을 한다고 생각하지 말고 의식을 단전에 두고 매일을 보내도록 하라. 차차 거동이 자유스러우면 그 때 평소 익혔던 도인법을 해 나가면서 몸을 돌보는 것이 좋다. 무리는 금물이니 자연스럽게 할 수 있는 만큼의 동작을 해 나가도록 하라. 우선 팔다리를 움직이는 것은 매일 하도록 하고 가능할 때에 가서야 오장육부를 움직이는 동작을 하도록 하라.

라. 주의할 점

본인의 마음이 안정궤도에서 벗어나는 일이 없도록 하라. 하늘은 살아있는 동안의 촌각과 같은 수십 년은 물론이고 본성이 존재하는 수백억 년의 모든 기간을 살펴보고 있다. 본인의 마음이 하늘에서 벗어나는 일이 없도록 하는 것이 가장 중요하다.

마음은 하늘의 혜택을 입을 수 있는 가장 중요한 조건이니 마음으로부터 자신을 갖도록 하라. 금생 이후에는 선계 입적이 가능할 것이다.

00 도반의 날

수선재 모든 수련생들의 00 도반에 대한 배려를 선계에서도 기특하게 생각한다. 수련으로 선계와 연결이 되면 모두 선계의 식구가 되는 것이며, 선계의 식구에 대하여는 모두가 동반자로서 예우하는 것이 선계의 법도이다. 00 도반의 속한 쾌유를 비는 진실된 마음가짐은 모든 수련생들의 진화에 결정적인 도움이 될 것이다.

타인을 위하여 자신의 것을 바친다는 것은 자신의 몫을 포기하려는 배려가 없고는 어려운 법이다. 마음을 비우고 자신도 모르게 욕심으로 가득 차 있는 속세의 때를 한 겹 벗겨낼 수 있는 계기가 될 것이다.

타인을 위한다는 것은 또 하나의 자신을 위하는 길이며, 그 또 하나의 자신은 곧 본래의 자신의 다른 모습이니 타인을 위하는 것이 바로 자신을 위하는 길임을 알 수 있는 것이다. 그 타인이 비록 몸은 따로 있으나 피를 나눈 것보다 더한 기를 나눈 도반일진대 이를 위하는 것은 돌고 돌아서 나를 위하는 길이 될 것이다.

나를 위하는 길 중 도반의 어려움을 자신의 어려움으로 생각해 보는 기회는 곧 도반을 통하여 자신을 위하는 길이니, 모두가 합심하여 몸공부의 첨두에서 전체를 대신하여 고투를 하는 도반에게 마음의 기운을 보내는 것은 바로 자신에게 기운을 보내는 것이다.

촌각의 시간이라도 진심으로 OO 도반을 위하는 마음으로 보내는 수련은 선계의 파장을 직접 받아 느낄 수 있는 아주 좋은 기회이다. 선계는 모든 수선인의 파장을 모아 OO 도반에게 전달할 수 있는 길을 열어놓고 있으니 이 기회에 선계의 파장과 연결되어 진화를 앞당길 수 있도록 하라.

마음공부가 몸공부와 따로 있는 것이 아니고 하나로 되어 있음을 알 수 있을 것이며, 타인의 공부가 자신의 공부임을 알 수 있는 계기가 될 것이다.

기특하다. 도반 한 사람의 공부가 전체의 공부가 되도록 함은 곧 하늘의 뜻을 지상에 펴는 방법 중의 하나이다.

* 선계의 뜻에 따라 2001년 8월 1일을 OO 도반의 날로 정합니다. 감사합니다.
OO 도반의 속한 쾌유를 빕니다.

아픈 분들을 생각하며

새벽에 잠이 깨어 일어나 앉았습니다. 어제는 잇몸병이 아닌가 했는데 통증이 잠을 깨우는 것을 보니 충치가 생겼나 봅니다. 가만히 통증을 들여다보며 아픔이 빚어내는 소리를 들어봅니다. 그것은 다름 아닌 살고자 하는 몸부림이 빚어내는 신음이었습니다. 이내 아픔과 하나가 되어 그것을 받아들입니다. 점점 아픔이 줄어듭니다.

헌데 하필 오늘 충치가 드러나는 것을 보니 아픈 분들을 생각하는 제 마음이 충분치 않았나 봅니다. 좀 지치기도 했던 것 같습니다. 다들 아프다고 했으니까요.

새벽에 일어나 앉으면 저는 세상이 토해내는 신음소리를 듣습니다. 수선대 식구들로 시작해서 수선재 회원들의 저마다의 고통을 느낍니다. 밤새 고통 속에서 후줄근해진 모습들….

몸의 아픔이 빚어내는 소리, 마음의 아픔이 빚어내는 소리. 그 모습들도 다양합니다. 질병, 생활고, 불화, 격정, 회한, 기본적인 욕구들이 채워지지 못하는 데서 오는 볼메인 아우성….

허나 그것들은 모두 살고자 하는 몸부림의 표현입니다. 죽고 싶은 마음조차도 살고 싶은 마음이 빚어내는 역반응에 불과합니다. 살고 싶은데 여의치 않으니까 차라리 죽고 싶은 것이지요.

그러나 우리는 어느 새 혼자가 아님을 깨닫습니다. 다정한 이웃이 생겨났어요. 나의 고통은 이미 나만의 고통이 아니게 됐습니다. 함께 나눠줄 도반들이 늘어났습니다. 어제 저는 그것을 실감했습니다.

우리 수선재 식구들 중 한 분이 수술이라도 받게 되면 저는 며칠 전부터 마음을 가다듬고 운기를 시작합니다.

병원 전체의 탁기를 몰아내고, 입원실을 정화시키고, 수술실을 정갈하게 합니다. 수술 전날부터 선계의 기운을 환자와 수술진에게 연결합니다. 수술이 시작되는 순간부터는 모든 것을 중지하고 온 마음을 모아 수련합니다.

000님이 수술 받는 날도 예외가 아니었습니다. 더욱이 전 회원들이 고통을 분담하라는 선계의 당부가 있는 뒤여서 다른 때보다 좀 더 정성을 기울였지요. 새벽에 일어나 108배를 드리고 수련을 시작했습니다. 그 날은 다른 수련생들에 앞서 제일 먼저 병원을 떠올렸습니다.

헌데 이게 웬일인지요?

OOO님이 입원한 병실 부근 100m 반경에 이미 기운의 띠가 굵게 형성되어 있었습니다. 수선대로부터, 수선재 각 지부로부터 약 50여 명의 회원들이 보내는 마음이 기운으로 전달되어 희뿌연 선계의 기운이 소나기 내리듯 내리고 있는 것이었습니다.

저는 혼자가 아니었습니다. OOO님은 혼자 수술 받는 것이 아니었습니다. 선계는 더 이상 외롭지 않게 되었습니다. 회원님들의 따뜻한 마음이 샘이 되어 솟고 있었던 것입니다.

이미 솟아오르기 시작한 샘은 줄기를 이루며 흐르겠지요. 그 냇물이 종국에는 바다가 되겠지요. 허나 바다가 아니어도 좋습니다. 샘물은 그 자체로 감로수를 제공합니다. 목마른 분들에게 휴식을 줍니다. 지치고 힘들어 주저앉은 분들이 생기를 얻어 가던 길을 계속 갈 것입니다. 아픈 분들의 고통을 희석시켜 줄 것입니다.

날이 밝았습니다. 어느새 수선대 수련장에 불이 켜져 있군요. 사랑스러운 분들이 눈 비비고 일어나 앉았나 봅니다. 오늘은 어째 그분들이 토해내는 신음소리가 안 들립니다. 지금 병원에서 고통받는 분을 생각하니 자신들의 아픔쯤은 아무것도 아닌 것이 되었나 봅니다.

OOO님의 아픔은 여러 분을 이어주는 계기가 되었습니다. 가족 간의 사랑, 사랑하는 이와의 사랑, 도반들과의 사랑….

업이 되는 아픔도 많은 반면 이렇게 좋은 이들을 서로 엮어주는 아픔도 있군요. 수선재 회원님들께 감사드립니다.

선계에 감사드립니다. 오늘 아침 제가 선계에 드리는 감사는 그 감회가 더합니다.

선계는 드디어 자신의 모습인 맑음, 밝음, 따뜻함을 회원님들에게 뿌리내리기 시작하셨습니다. 불가능하게 여겨지기도 했었던 그 일을 해 내셨습니다. 좀처럼 꺼지지 않을 빛을 서서히 드러내시었습니다.

감사합니다.

몸을 교재로 공부하는 수련생들

* 질병은 더 없이 좋은 공부 교재입니다. 그것을 어떤 마음으로 어떻게 이겨내느냐에 따라 공부의 결과가 결정되는 것입니다. 참고하시기 바랍니다. 수련생들의 수련이 진전되어 감에 따라 점점 천서의 내용이 어려워지니 한 번에 이해하려 하지 마시고, 100번 정도는 읽어주시기 바랍니다.

다음은 난소종양의 재발로 고통받고 있는 OOO님에 대한 천서입니다.

가. 앞으로 유의할 점

치료와 더불어 마음가짐을 편히 하고 천지 자연의 이치를 받아들이도록 하라. 모든 것은 정해진 것이 있으며, 이 정해진 것을 거부할 때 기운이 막히거나 역으로 흐르는 현상이 발생한다. 인간의 질병은 대부분 이러한 원인으로 일어나는 것이며, 몸에서 걸리든 마음에서 걸리든 어느 한 쪽에서 걸리는 일이 있어 이러한 일이 생기는 것이다. 마음에서 벗어나고 몸에서 벗어나도록 하라.

하늘은 절대 자신을 믿고 따르는 사람을 버리는 법이 없음을 명심하라. 인간으로 있을 때 최선을 다하였다면 그것으로 하늘에 자신의 뜻이 전달되었다고 생각하라.

최선을 다하였는가의 여부는 자신의 판단에 이어 하늘이 판단을 내릴 것이다. 다만 하늘의 판단은 모든 것이 결정되는 마지막 단계에서 내리는 것이니 그 때까지는 자신의 최선을 다할 것을 요한다.

최선이라 함은 자신에 대한 최선이요, 자신에 대한 최선을 다하고 난 이후 타인에 대한 최선을 다하는 것이다. 자신의 문제도 해결되지 않은 상태 하에서 남의 문제를 해결한다는 것은 타인에게 오히려 부담으로 작용하는 것이니 자신의 문제를 해결하고 타인의 문제 해결에 노력하도록 하라.

현재 육체적 고행 수련에 든 사람들에 대하여는 다른 수련생들이 많은 마음의 격려를 할 것을 권한다.

마음이 먼저 일어서지 못하면 몸을 통하여 일어서는 것은 불가능하다. 그러나 마음이 일어설 수 있도록 하는 일의 일부는 또한 몸이 하는 것이니 자신의 마음을 추스리는 것은 본인의 일이되 몸을 통하여 마음이 일어설 수 있도록 도움을 주는 것은 도반들의 일인 것이다.

이러한 수련은 개개인의 수련이 아니오, 수련생 전원의 수련을 대신하여 한 사람이 겪어 보이는 것이니 전원이 나의 일이라고 생각하고 임하도록 하라. 도반의 일은 나의 일과 남의 일이 구분되는 것이 아니며 상호간에

거울의 역할을 하는 것이니 진리를 찾을 수 있는 길은 항상 바로 옆에 있는 까닭이다.

나. 수련법

도인법을 많이 하고 모두와 아픔을 공유할 것을 요한다. 하늘이 가르침을 내려보내는 방법은 여러 가지가 있다. 대표선수로서의 역할을 충실히 할 수 있음은 수선재에서 할 일이 있음을 말해주는 것이다.

* 다음은 최근 자궁근종이 발견되어 치료받고 있는 OOO님의 질병에 대하여 알아보았습니다.

자궁근종은 여성에게 가벼운 질병이 아니며 중성화할 가능성이 있는 질병이다. 수련의 궁극적인 목적으로 본다면 이보다 더 반가운 질병은 없으며, 따라서 필요한 구석이 있는 질병이라고 할 수 있다. 또한 수련에 들어 이 질병을 만났으니 다른 경우보다는 훨씬 낫다고 할 수 있다.

수련으로 가고자 하는 바가 바로 중성화이며, 이 중성화를 달성하기 위하여 피나는 노력을 하고 있는 것이다. 중성은 남성이 남성이되 여성을 여성으로 보지 않고 인간으로 보는 것이며, 여성이 여성이되 남성을 남성으로 보지 않고 인간으로 보는 것이다. 따라서 중성화는 가장 바람직스러운 수련 결과인 것이다.

가. 유의할 점

평소의 행동에 있어 자신의 몸을 과하게 사용한 적은 없었는지 확인해 보도록 하라. 인간의 몸은 어느 정도 이상 강하게 다루면 평소와는 다른 반응을 보이는 경우가 있다.

이러한 경우 중 하나가 병이 나는 것이요, 두번째가 초인(超人)이 되는 것이다. 이 과정의 판가름은 정신력이 결정한다. 긴장이 풀어져 있으면 그 사이에 탁기가 스며들어 질병으로 연결되는 것이며, 초긴장 상태로 넘기고 나서 나중에 잘 완화시키면 초인에 다가가는 과정으로 자신의 격을 한층 높일 수 있는 것이다.

적당한 긴장과 적당한 수련, 적당한 일로 자신의 허한 곳을 메울 수 있도록 하라. 허한 곳을 메울 수 있는 가장 좋은 방법은 바로 단전에 대한 의념이다.

나. 수련법

자신을 관리하는 가장 중요한 방법이 바로 건강이다. 건강은 수련을 할 수 있도록 하는 가장 중요한 조건 중의 하나인 육신을 관리하는 법이며, 이 법을 지킬 수 있어야 하늘에 대하여 우주의 다른 법 역시 지킬 수 있음을 증명하는 것이다.

마음의 움직임이 즉각 현상으로 표현되는 우주에서 마음을 움직이는 수준은 본인의 상태 그대로인 것이다. 마음으로 간음을 하였으면 간음을 한 것이라는 것은 바로 선인들의 경지를 말해주는 것이며, 이러한 경지로 스스로 넘어갈 수 있도록 하는 것이 중요하다.

도인법을 하고 나서 매일 일정 시간 호흡을 하되 한 번에 30분 이상은 반드시 하도록 하라. 이 병을 딛고 일어서는 방법을 스스로 체득하는 것을 통하여 금생에 깨달음도 가능하다.

힘내라.

우주만큼 복잡한 인체(허준 선인과의 대화)

– 허준 선인께서는 인체에 대하여 전부 알고 계시는지요?

인체에 대하여 전부 안다는 것은 우주에 대하여 전부 알고 있다고 하는 것과 동일한 것으로서 어느 선인을 막론하고 장담할 수 있는 사람은 없을 것입니다.

허나 얼마만큼 알고 있는가에 대하여 대답하라고 하신다면 저의 경우 어느 정도는 알고 있다고 할 수 있습니다. 이 어느 정도는 비율로 나타내는 인체에 대한 지식을 말합니다. 이러한 식으로 말한다면 제가 나름대로 많이 알고 있다고 할 수 있습니다.

인체는 우주의 축소판으로서 어느 인체를 막론하고 동일한 경우는 없습니다. 어디가 달라도 다르며, 어느 기능이든 전부 다른 역할을 하고 있습니다. 따라서 이러한 모든 것을 안다는 것은 불가능하며 불가능에 도전한다는 것 역시 불가능합니다. 불가능을 가능케 한다고 하는 것은 인간에게나 있을 수 있는 오만이며 이러한 오만은 선인들에게는 있을 수 없는 것입니다.

우주를 통털어 우주만큼 복잡한 것이 있을 수 없으나 인체 역시 이에 버금가는 복잡성을 가지고 있다고, 아니 이보다 더 복잡하다고 할 수 있습니다.

따라서 인간들이 게놈 프로젝트니 하면서 인체의 유전자 구조를 풀어 다양하고 새로운 해법을 제기하는 것처럼 이야기하는 것 역시 상당한 경지에 이른 선인들의 세계에서 볼 때 우스운 것입니다.

선인들도 전부 풀지 못하는 인간에 대한 신비를 하물며 인간들이 푼다는 것은 지나친 오만이며 있을 수 없는 일을 있도록 하려는 것과 같다고 할 수 있습니다.

우주란 그리 간단히 창조된 것이 아니며 수많은 복잡성을 가지고 있습니다. 선인들 중 상당한 경지에 오른 분들도 스스로 우주의 일부에 대한 창조자이자 구성원이면서도 우주에 대하여 전부 알고 있지 못한 것과 마찬가지로 인간 역시 인체가 자신의 것이면서도 전부 알 수 없거니와 전부 알아서도 안 되는 것입니다.

설령 전부 알았다고 생각해도 전파할 수단이 없으므로 이 또한 모르는 것과 같아 역시 전부 알 수 없게 되는 것입니다.

인체란 그만큼 복잡한 것이며 이렇게 복잡한 이유는 바로 각각의 인간들이 가야 할 길이 그렇게 다르다는 것을 이야기해 주는 것입니다. 따라서 각각의 인간들이 앓고 있는 질병도 전부 다르며 이 병이 외부적으로는 동일해 보여도 각각의 처방 역시 다를 수밖에 없는 것입니다.

인간의 질병은 이로 인한 배움을 주고자 하는 것이며 이 배움을 익히고 나면 낫는 것이지 인간의 의술로서는 대증 처방이라고밖에 할 수 없는 것입니다. 따라서 일견 나은 듯이 보여도 깊은 곳에서는 낫지 않은 경우가 대부분이며 이러한 질병을 뿌리뽑는 것은 인간의 습관과 마음가짐인 것입니다.

마음가짐이 올바르면 마음이 평온해져서 인간으로서 자신의 할 바를 다 할 수 있도록 하여 주는 것이며 이러한 결과가 자신을 구해주는 것입니다.

만병에 대한 가장 강력한 처방은 바로 마음을 편안히 가질 수 있도록 하여주는 것입니다.

영의 등급에 의한 인간의 등급(허준 선인과의 대화)

– 농약을 많이 사용하는데 이러한 경우에 어떻게 섭취하면 되겠는지요?

인체는 단순한 것이 아닙니다. 우주의 원리에 맞추어 만들어진 것이며 따라서 인체보다 더 소중한 것은 하늘의 입장에서도 없는 것입니다.

인간의 몸은 우주에서 가장 진화된 것이며 이보다 더 진화하면 능력은 증가할지 몰라도 몸의 구조는 더욱 단순해져서, 하늘의 뜻을 펴거나 선인이 수련을 할 수 있는 인간의 몸이 되기에는 부족함이 많은 것입니다. 인간의 몸은 아주 복잡하고 더 이상 능력을 발휘할 수 없는 것이며 다만 인간이 사용법을 잘 몰라서 이렇게 된 것입니다.

따라서 인체란 사용법을 익히기에 따라 천하에 무적이 될 수도 있고, 하찮은 미물이 될 수도 있습니다. 이러한 결과는 인체에 어떠한 영(靈)이 들어와 있는가와 이 영이 몸을 어떻게 사용하는가에 달려있다고 하겠습니다.

인체에 들어오는 영의 등급은 곧 인간의 등급을 나타냅니다.

인간 중에서 수련으로 자신을 찾아나가며 인류에 기여할 수 있는 영이 최상급이요, 인간으로서 자신의 몫을 하기만 하는 영이 중간이며, 자신의 일도 제대로 하지 못하는 영이 하급인 것입니다.

이러한 것을 떠나서 인체는 스스로 위기에 반응하는 시스템을 내장하고 있습니다. 이 장치들은 농약 등이 인체에 들어왔을 경우에도 스스로 정확히 반응하며 이러한 반응의 정도는 인간이 잘 알아차리지 못할 만큼 미약한 경우에도 마찬가지입니다.

따라서 인간의 몸에 일정량의 농약 등 독소가 들어온다고 하여도 스스로 방어할 수 있는 것입니다. 지금은 정상적으로 생활하는 도중에 음식 등을 통하여 섭취된 농약이 걱정인 것이며 이러한 것에 대하여 말씀드리는 것입니다.

하지만 일정 농도 이상의 독소가 들어올 경우 인체는 외부의 힘을 빌려 방어해야 합니다. 하지만 이러한 방법 역시 이미 개발되어 있으므로 걱정하실 필요는 없습니다. 인간에게 필요한 약은 이미 지상에 공급되어 있으며, 이러한 약을 알아서 공급하는 것이 필요한 것입니다.

수선재에는 많은 의인(醫人)들이 있습니다. 이들이 조금만 연구하면 훌륭한 약을 개발할 수 있을 것입니다. 개발한 약의 성분을 알려주시고 효능을 문의하시면 일러드리겠습니다.

다만 사람에 따라 모든 처방이 달라지며, 이 약의 효과 역시 달라지므로 매 사람마다 달리 하여야 하는 점이 있으나 공식이 있으므로 나중에 말씀 드리겠습니다. 지금 말씀드리지 않는 이유는 각자가 자신의 것을 만들어야 하는 것이며 이것은 수련을 통하여 자신의 선계 스승에게 받는 것이 가장 정확한 것입니다.

의인들의 경우 대개 의선(醫仙)들이 보좌하고 있으므로 수련에 전념하면 자신의 의선을 만날 수 있습니다. 이들 의선들은 대부분 저와 동등한 실력을 갖추고 있는 의선들입니다.

이들이 관장하고 있는 것은 우주의 오행이 조화를 이루도록 하는 것이며 이 중에서 인간은 아주 작은 부분에 불과한 것입니다.

마음에서 비롯되는 병(허준선인과의 대화)

인체는 워낙 복잡하고 다기(多機)한 구조로 이루어져 있어 우주의 기운이 들어가도 정상적인 효과를 발휘하기에는 어려움이 있사옵니다. 이것을 극복하는 것은 본인의 노력인바 본인의 노력이란 바로 자신의 부족함을 알고 이것을 극복하려는 노력을 함으로써 자신의 결점을 확인하는 것입니다.

신체적인 부족함은 마음의 어딘가에 나타나 있는 것으로서 마음을 고치면 신체의 병이 대부분 고쳐지게 됩니다.

가장 먼저 하여야 할 부분은 바로 자신의 마음을 평온하게 하는 것인바 이것은 몸의 혈맥을 열어서 기운이 잘 통하게 하는 것입니다. 마음의 평온은 여러 경로로 찾아질 수 있는데 가장 쉬운 방법이 호흡을 통하여 뇌의 파장을 낮추는 것에서 시작하는 것입니다.

– 그다음은 어떻게 하는 것이 좋습니까?
마음을 집중시키는 것입니다.

－그다음은?

자신의 몸에서 기가 부족하여 이상이 생긴 부분을 바라봅니다.

－다음은?

이상이 생긴 부분의 색깔을 확인하여 선명하지 않으면 선명할 때까지 기운을 바꾸는 것입니다. 기운을 바꾸다 보면 점차 투명해지면서 빛이 나는 맑은 색깔로 변하게 됩니다. 이것이 되면 인간이 할 수 있는 방법으로는 끝나게 됩니다.

－그렇군요, 고맙습니다. 그런데 이러한 방법은 아무나 할 수 있는 것이 아니지 않습니까?

바로 그것이 문제입니다. 선인이라도 수련을 위하여 인간이 되면 상상력이 한정되어 자신의 능력을 과소 평가하므로 능력을 충분히 발휘하지 못하는 것이 통례입니다. 따라서 수련을 통하여 자신의 능력을 되찾아야 하는데 인간으로서 수 생을 머물다 보면 잊혀질 수 있기 때문입니다.

– 어찌하면 되겠는지요?

건강 수련이란 자신의 몸을 가다듬는 수련으로서 몸 만들기를 위주로 수련을 하여야 합니다.

어디가 아픈가에 따라 수련 방법을 달리 하여야 할 것입니다. 위가 아픈 사람은 위를 강화하는 수련을 중심으로 하여야 하며, 간이 좋지 않은 사람은 간을 보하는 방향으로 수련을 하여야 할 것입니다. 기타 좋지 않은 부위가 다른 사람은 그 곳을 보하는 방법으로 수련을 하여야 할 것입니다.

이것은 먼저 수련생들의 건강을 중심으로 확인하여 보아야 하며, 두 곳이 아픈 사람은 그 중 오행의 순서에 따라 먼저 강화할 곳을 찾아야 할 것입니다. 이러한 작업은 수련생의 증상과 스승의 지침을 종합하여 처방하여야 하는바 본인이 자신의 증상을 정확히 알고 있어야 합니다. 자신의 증상에 대한 자각이 없으면 치료 방법 역시 쉽지 않습니다.

본인의 자각은 자신의 의사를 유도할 수 있는 방법으로서 자신의 의념을 집결시키기 위하여 필요한 것입니다. 그렇지 않고서는 자신의 의념을 집결시키기 어려운 법입니다. 이러한 의념의 유도를 위하여 인체를 해부한 모형과 경락을 그린 그림을 교재로 활용하여 수련을 하는 방법을 강구해 볼 수 있습니다.

인체는 그 자체가 소우주로서 인체의 모든 것을 알면 우주의 모든 것을 알 수 있도록 되어 있습니다.

이러한 과정을 거쳐 인체에 대한 이해를 돕고, 오행에 대한 기본을 익힌 후에 자신의 몸을 연구하고 이 몸의 증상을 확인한 후 치료를 하여야 하는 것이 순서입니다.

수련법은 다음과 같습니다.

우선 건강이 좋지 않은 수련생의 경우 날숨을 길게 하는 것이 기본입니다. 자신의 좋지 않은 부위를 집중적으로 생각하며 호흡을 하여야 합니다.

위가 좋지 않은 사람은 위를 생각하며 위에서 용천으로 탁기가 나간다고 생각하고 호흡을 하여야 할 필요가 있습니다. 간이 좋지 않은 사람은 간에서 용천으로 탁기가 나간다고 생각하고 호흡을 하여야 합니다. 관절이 약한 사람 역시 관절에서 탁기가 나간다고 생각하며 호흡을 할 필요가 있습니다.

이러한 호흡을 한 후 다시 천기가 그 부위로 들어간다고 생각하고 호흡을 하는 것입니다. 전후 약 15분씩 도합 30분을 내보내고 들이쉬는 호흡을 하면 차도가 있을 것입니다. 탁기가 나가면 나가서 시원하다고 생각하고, 선계의 기운이 들어오면 들어와서 시원해진다고 생각하는 것입니다.

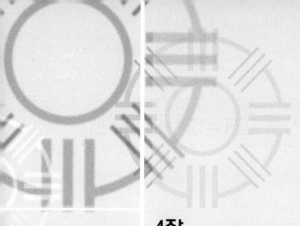

4장
마음을 닦는 공부

수련을 위하여 자신을 던질 수 있는가?

수련이란 자신에게 주어진 운명이라는 변수를 자신이 원하는 목표에 일치시키려는 노력이다. 이러한 모든 것은 이미 천서를 통하여 누누이 설명하였으며 더 이상 언급이 필요치 않다고 할 수 있다.

수련중인 모든 수련생이 다 같다고 할 수는 없다. 진정 수련으로 선인이 됨에 목표가 있는 수련생도 있을 것이며, 부수적인 기(氣)적 효과를 추구하는 수련생도 있을 것이다. 수련 자체를 목표로 하는 수련생은 수련을 계속할 수 있을 것이며, 기적인 효과에 만족하고자 하는 사람은 이 수련을 지속할 수 없을 것이다.

본인이 수련을 할 수 있는지 없는지의 판단은 본인이 가장 정확히 할 수 있을 것이며, 따라서 본인의 판단을 중히 여겨 이에 따라야 할 것이다. 자신은 본인의 본성이 가장 잘 알고 있는 것이며, 수련이란 이러한 자신의 본성에 다가가고자 하는 것이다.

수련으로 인하여 우리는 본성과의 거리를 좁힐 수 있는 것이며, 본성과의 거리를 좁히는 것은 바로 본래의 자신을 찾아가는 것이다.

어떠한 수련생이 수련을 제대로 할 수 있을 것인가 여부를 가장 정확히 판단할 수 있는 것은 바로 수련생이 정확히 목표를 세웠는가 여부에 달려 있다. 수련생이 목표를 정확히 세웠다면 수련을 위하여 모든 것을 희생할 수 있을 것이며 따라서 기타의 모든 것이 수단적인 가치를 지닐 것이다. 따라서 수련을 위하여 다른 모든 것이 존재함을 느낄 수 있을 것이다.

허나 수련 자체가 목적이 아니고 다른 목표, 즉 자신의 안락함과 편리함을 위하여 부수적으로 수련에 인한다면 수련에서 추구하는 소기의 목적을 달성할 수 없음과 아울러 결코 수선재의 일원으로서 함께 하기도 어려울 것이다.

인간이란 항상 내부에 선과 악이 공존하며 이 두 가지가 불균형적으로 다툼을 벌이고 있다. 이 다툼에서 진정 자신이 원하는 방향으로 나갈 수 있는가 여부는 바로 수련의 목표를 바로 세웠는가 여부에 달려 있다.

목표를 바로 세웠다는 것은 기둥을 수직으로 세우는 것과 같아 약간의 힘만으로도 버팀에 힘겨움이 없으며 더 이상의 높은 진전이 가능하나, 그렇지 않아 약간이라도 기울어진다면 엄청난 힘으로도 버티기 어려운 지경에 도달하게 될 것이다.

수련생들이 가장 범하기 쉬운 오류는 수련을 위한 수련이 아니고 다른 목적을 위한 수련을 하는 것이다. 즉 자신의 욕심을 채우기 위한 수련을 하는 것이다.

수련을 정상적으로 하는 수련생의 경우 끝없이 겸손하며, 따라서 자신을 낮출 줄 알고 타인을 존중할 줄 알며, 매사에 신중한 것이다. 어떠한 일이 중요한 것인가 판단할 줄 알며, 그 판단에 따라 매사를 결정하는 것이다.

사람이란 본능과 이성의 차이와 같이 항상 하고 싶은 일과 하여야 할 일이 다른 경우가 있으며, 이를 극복하고자 하는 것이 바로 수련이고 따라서 극복한 자만이 최후의 승자가 될 수 있는 것이다.

현재의 수련생들을 보면 아직 수련을 위한 수련을 하는 수련생이 극소수에 불과하며 자신의 욕심을 위한 수련, 즉 본능적 자기 만족을 위한 수련생들이 대부분이다. 이 경우 본인의 수련이 부진함은 물론 타인의 수련에까지 지장을 초래하게 되며, 따라서 수선재 전체의 기운이 부실하게 되는 원인이 되는 것이다.

이러한 이기심으로 수련을 하는 수련생들로 인하여 하늘의 지원이 미약해지면 수선재의 기운이 황폐하게 되며, 따라서 앞으로 이기심으로 수련을 하는 자는 이 수련을 금할 것이다.

수련이 금지된 파계자는 수련을 하여도 결코 선계의 기운을 받지 못할 것이며, 스스로 기운을 받아도 지기(地氣)에 그치게 될 것이니 결코 자아의 완성에 가까이 갈 수 없게 될 것이다.

지금까지 선계수련에서 이탈한 자들은 모두 선계의 기운과 천기의 사용이 금지된 바 있으며 따라서 자신의 기운으로 자충(自充)하는 우를 범하고 있는 것이다. 이러한 수련은 어느 정도 하고 나면 오히려 손기(損氣)가 되고 바탕이 손상되어 더욱 수련을 하기 어려운 경지에 다다를 것이며, 나중에는 충기(充氣)까지도 어렵게 될 것이니 자아의 완성은 더욱 어렵게 될 것이다.

인간이란 겉으로 보기에는 심성이 착한 것 같아도 실제로는 그렇지 않은 경우가 있으며, 실제로는 착하지 않은 것 같아도 심성이 더없이 착한 경우가 있다. 이 모든 것은 인간이므로 있을 수 있는 일이며 따라서 인간이므로 완성을 목표로 할 수 있는 것이다.

스스로 자신을 아는 것은 수련에 있어 가장 중요한 것 중의 하나이며, 이것을 알고 나면 자신의 부족한 점이 보이고 이 부족한 점을 보완하는 방법을 찾게 되며, 이 방법을 실천하는 것이 바로 수련임을 알게 되는 것이다.

수련으로 인한 결과 역시 하늘의 뜻에 달려 있는 것이며, 이것은 본인의 행실이 수련에 적합한 것인가 아닌가에 따라 기운이 오고 안 오는 것을 보면 알 수 있다.

기운이란 결코 아무에게나 오는 것이 아니며, 자신을 위하여 하늘을 따르는 것이 아닌 하늘을 위하여 하늘을 원하는 자만이 얻을 수 있는 것이며, 이러한 결과로 인간이 하늘의 일부가 될 수 있는 보상이 주어지는 것이다.

하늘은 본심으로 '오직 수련을 위하여 수련하고자 하는 자'를 원하는 것이니 수련을 위하여 자신을 던질 수 있는 자만이 남도록 하라.

선계(仙界)를 선계(善界)로 만들라

사람의 일은 항상 변수가 있어 언제나 마음놓을 수 없는 경우가 대부분이다. 수련 역시 사람의 일이므로 변수가 존재하고 변수의 긍정적인 면을 이용하여 우리가 추구하고자 하는 목표를 달성하자는 데에 수련의 목적이 있다.

이 목적을 달성함은 한 사람의 힘으로 되는 것은 아니며, 많은 수의 사람들이 모여서 힘을 합쳐 나가야 하는바 이 과정에서 마음을 모음에 지장을 초래하는 행위는 절대 있어서는 안 되는 것이다.

인간이 선인이 되는 것은 선인으로서의 마음가짐을 갖추어야 가능한 것임에도 선인으로서의 마음가짐을 갖추지 않은 상태 하에서 선인이 되고자 한다는 것은 어불성설이라고 할 수 있다.

수련이란 먼저 선인이 되고자 함이요, 선인이 될 자격을 획득한 후에는 그 자격을 지속적으로 유지해 나감으로써 완전히 자신의 것으로 해

나가는 것이 중요한 것이다.

수련중 선인의 자격을 얻고도 자신의 것을 만들 수 있는가 아닌가는 어느 정도의 신심(信心)을 가지고 있는가 하는 것을 말해주는 것으로서 이 신심이 지속적으로 본인의 전부를 바꾸지 못하면 다시 자격을 잃게 되며 이러한 경우 번복은 거의 불가능한 것이다.

인간의 파장을 이용한 이러한 시도는 예전에도 시도되어 왔으며 현재에도 시도되고 있는바, 전생을 본 사람의 경우 자신의 전생에서 아주 사소한 동기로 인하여 금생에 수련에 인연이 되었음을 알 수 있을 것이다.

수련을 할 수 있는 인연이 되었다는 것은 전생에 어떠한 관직과 명예를 가지고 있었다는 것에 우선하는 가치인 것이다. 전생의 왕이나 고관대작 출신이 현재의 수선재에 없음은 그 사람들의 가치관이 수련에 적합치 않은 경우도 있을 것이나 당시 업을 쌓음으로 인하여 이 업에서 자신이 아직 빠져 나오지 못한 탓도 있다고 할 수 있다.

수련이란 그만큼 과거의 인연을 중시하는 것이며, 그러한 인연으로 본래의 자신을 찾아갈 수 있도록 해주는 것이다. 현재의 인간들은 대부분 고향이 어디인지도 모르고 살아가는 실향민과 같다고 할 수 있다.

그러나 자신의 고향인 선계를 찾아가는 즉시 그곳에 적응하고 마음을 바로 씀으로써 선계(仙界)가 선계(善界)의 기능을 다할 수 있도록 하여 지구의 후손들이 지속적으로 선인화(仙人化)의 기회를 갖도록 하여야 할 뿐 아니라 선계를 선계로 유지되도록 하는 기능 역시 수선인들의 몫인 것이다.

선계로 갈 수 있는 방법이 선계수련 하나만 있는 것은 아니나 가장 빠르고 정확한 방법이니만큼 스승의 가르침을 받들어 수련과 생업에 전념하고 이 결과가 긍정적으로 도출될 수 있도록 최선을 다하라.

하늘은 수선재에 대하여 기대하는 것이 있다.

우선 모든 회원들이 선인화를 추구하는 것이며, 이 선인화를 이루기 위하여 전 회원이 일치단결하여 수선재를 위하고 자신의 것으로 여기며, 스승의 가르침을 따르는 것이다.

가능할 것을 의심치 않는다. 이미 기초가 완성되었으니 앞으로의 과정에 전념하도록 하라.

공부의 시작은 겸손

– 겸손이란 무엇이며, 어떻게 해야 겸손할 수 있는지요?

자신의 마음을 낮춤으로써 모든 것의 근본에 가까이 갈 수 있는 방법이다. 겸손은 인간으로서 수련 이외에 만물의 근본에 다가갈 수 있는 최상의 방법이자 최고의 수련법이라고 할 수 있으며, 이러한 면에서 수련을 통하여 호흡으로 파장을 낮추는 방법을 모르는 범인들이 선계에 다가갈 수 있는 방법이다.

마음을 낮출 수 있는 자만이 천하를 얻을 수 있으며, 이러한 예는 고사(古史)에 많이 나와 있다. 이러한 모든 것들이 '겸손'이란 단어로 표현되는 고도의 수련법이며, 수련생에게 있어 가장 필요한 절대 조건 중의 하나가 바로 겸손인 것이다.

진정한 겸손은 무조건 자신을 낮추는 것이 아니라 낮추어야 할 때 낮추어야 할 장소에서 낮출 줄 아는 것이다. 낮추어야 할 때라 함은 수련에 들었을 때이며, 낮추어야 할 장소란 수련하는 장소를 일컫는다. 수련의 단계가 올라가면서 점차 모든 때, 모든 장소가 수련과 연관이 될 것이다.

초기에는 수련 시간에 겸손의 의미를 새기는 것으로 족하나 점차 수련 시간 이외에도 겸손의 의미를 새기도록 발전해 나가다가 나중에는 수련 외나 수련중을 불문하고 겸손의 의미를 새긴다면 호흡으로 깊이 들어가 자신의 본래 의식을 끌어냄에 상당한 도움이 될 것이다.

자신을 낮추는 것은 수련의 시작이자 끝인 까닭이다.

대주천(허준 선인과의 대화)

– 현재 ○○○의 상태는 어떤지요?

대주천이 되었으나 다시 막힌 상태입니다.

본시 대주천이란 혈이 열리면서 마음이 열리게 되고 마음이 열리면서 다른 모든 사람들을 마음 속에 포용할 수 있도록 되는 것입니다. 허나 대주천이 된 경우에도 자신의 미음이 열린 상태를 지속히면 더욱 크게 열리지만, 나름대로 노력하지 않고 그대로 방치해 둔 채 있다면 그 열려진 구멍마저 막혀버리고 마는 것입니다.

도란 통하고 나서도 그 상태를 유지하기 위하여 무한한 노력을 기울여야 하는 것이며, 이 노력은 살아있는 날까지 계속되어야 하는 것입니다. 인간의 몸으로 득도(得道)를 한다 함은 결코 쉬운 일이 아니며 득도보다 더 힘든 것은 득도 상태를 유지하는 일입니다.

수련생의 경우는 수련이 진전될수록 그 경지를 지키기 위한 노력이 병행되어야 하며 이러한 노력이 병행되지 않을 경우 그 얻은 도마저 지키지 못하고 마는 것입니다.

작은 나라에서 점차 강대국이 되어 가면서 국부(國富)는 증가하나 이에 수반하여 국방력이 강화되지 않는다면 타의 침입을 받아 국가를 유지하지 못하는 경우와 마찬가지로, 수련생들이 수련을 하면서 자신을 지키려는 노력을 게을리 한다면 이것은 다양한 보물을 창고에 넣어두고 경계 근무를 하지 않아 머지않아 마치 도둑에게 보석이 있으니 와서 가져가라는 것과 동일한 의미가 되는 것입니다.

도의 경지가 높아질수록 마(魔)가 끼는 정도가 심해지며 이러한 것은 예수 정도의 거의 완벽한 선인까지도 자신의 측근에 의해 해를 입은 것으로 알 수 있습니다.

이와 마찬가지로 선인은 항상 기운을 열고 살므로 그 열려진 구멍으로 마가 침입할 가능성이 높으며 이 마를 사기(邪氣)라는 다른 말로도 표현하는 것입니다.

수선재 수련생들이 받는 천기는 기(氣)적으로 상당히 유혹의 소지가 있는 기운입니다. 지상에서 맛보기 쉽지 않은 순(純) 천기이므로 수련생들에게 마가 침범하는 경우는 앞으로도 상당히 많을 것으로 예상됩니다.

상당한 경지에 이른 수련생들의 경우도 스스로 이러한 노력을 게을리 함으로 인하여 자신을 지키지 못하는 경우가 많이 발생할 것이며 이미 발생하였을 것으로 보입니다.

이렇게 그동안 받았던 천기를 빼앗겨버리면 다시 받을 수 있기까지 처음할 때보다 수 배에서 수십 배의 기간이 필요하거나 경우에 따라서는 영영없을 수도 있습니다. 하늘은 천기를 빼앗긴 수련생에 대하여 배신 당한 기분을 가지는 것이며 이러한 수련생들이 다시 수련을 하기 위해서는 참회 기간을 상당히 가져야 하는 것입니다.

수선재의 수련생들은 이러한 점을 명심하여 수련 초기부터 자신을 지킴에 남다른 노력을 하여야 할 것입니다.

마음을 지킨다는 것은 곧 마음을 비우고 천기로 채우는 것이며 이러한 과정을 지속함으로써 자신을 지킬 수 있는 것입니다.

대주천이 되었으나 다시 막힌 수련생들은 다만 전에 대주천이 되었다는 것 이외에는 기(氣)적으로 보통 수련생과 같으며 다시 수련을 하여 열어야 할 필요가 있습니다.

마음이 닫히면 모든 것이 폐쇄적으로 보이며 평소 같으면 이해할 수 있는 일들을 이해하지 못하는 일들이 많이 생깁니다. 이러한 일이 생겼을 때에는 자신의 어느 부위엔가에 이상이 발생하지는 않았는지 의심해보아야 합니다.

가급적 만사를 이해하는 차원에서 받아들이며 마음에 걸리지 않도록 스스로 삭이고 긍정적으로 세상을 본다면 다시 열리고 천인이 될 수 있는 길이 보일 것입니다.

기회를 주고 그래도 안 된다면 포기하는 것이 옳을 것으로 보입니다.

- 고맙습니다.

선계수련에서의 파계

선계수련은 반드시 그 길을 갈 수 없도록 하는 기운이 수련생에게 오도록 되어 있다. 그것이 바로 시험이며, 이 시험을 통과한 사람만이 다음 과정을 갈 수 있도록 되어 있는 것이다. 시험은 수련생의 수련 정도를 가늠하는 잣대이며 이 잣대를 이용하여 수련생의 앞날을 확인할 수 있는 것이다.

수련이란 바로 서고자 하는 노력이며 이 바로 서는 것이 높아져서 드디어는 선계에 이르게 되는 것이다. 이 과정은 항상 수련생이 마음가짐을 바로 하는가 여부를 확인하는 과정을 포함하는 것이며 이 과정에서 바로 넘기지 못하는 것 중의 하나가 파계인 것이다. 즉 계(戒)를 파하여 수련이 정도(正道)를 걷지 못하고 옆길로 나가는 것이다.

심하면 다시 수련이 불가한 경우도 있으며 이러한 경우에는 금생에 태어난 보람을 영영 상실하게 된다.

파계는 여러 가지가 있으며 상중하로 구분된다.

상급 파계는 전혀 수련이 불가능한 정도의 파계이며, 사기의 범접을 받아 수련생이 본성을 만나고자 하는 본인의 염원이 약해지며 수련의 본질을 의심하는 마음이 본인의 백회를 감아 돌게 되므로 천기가 막혀 본성을 가릴 때 수련생이 정도를 벗어나는 것으로서, 다시 수련의 길에 돌아오기가 힘들다.

중급 파계는 수련생의 중단에 사기가 범접하여 천기를 받기는 받으나 이 천기가 단전에 연결되지 않음으로 인하여 생각이 항상 빗나가는 경우이다. 이러한 경우는 본인이 잘 모르는 일들이 생기며, 항상 마음이 허하고 무엇인가 갈구하게 된다.

수련생의 경우 반드시 한두 번은 겪게 되며, 이러한 과정은 현명한 선배나 스승이 마음을 열어 중단을 소통시킴으로써 해결된다.

하급 파계는 단전에 사기가 범접하여 아무리 노력을 해도 축기가 되지 않고 무엇인가 새는 것 같은 느낌이 들며, 수련의 진도가 나가지 않는 것이다. 이러한 경우 자신의 마음을 다시 한 번 돌아보아 무엇이 잘못되었는가를 확인하여 다잡는 방법을 사용한다.

수련이란 끊임없는 마음공부이며, 이 과정에서 수없이 많은 유혹을 받게 되는 것이다. 이 유혹 역시 공부이며, 작은 파계는 있을 수 있으나 상급 파계는 본인이 중하급 파계를 겪으면서도 그것의 원인이 본인에게 있음을 알지 못함으로 인하여 드디어는 상급 파계에까지 이르게 되는 것이다.

하급 파계는 본인이 혼자서 원래의 위치로 돌아올 수 있으며, 중급 파계는 선배와 스승의 도움으로 복귀할 수 있으나, 상급 파계는 '스승의 신뢰까지 잃은 정도일 때'는 복귀가 불가능하다.

마음의 흔들림은 배가 파도에 기우는 것과 같아, 작은 흔들림은 스스로의 복원력으로 바로 설 수 있으나 큰 기울음은 전복의 원인이 되는 것이다. 작은 흔들림에서 바로 설 수 있도록 하여야 하며, 큰 흔들림이 있을 경우 바로 서려는 노력을 하지 않으면 영영 바로 설 수 있는 기회가 사라지게 되는 것이다.

이러한 모든 것은 평소 자신이 어떻게 마음을 먹고 있는가에 달려 있으며 그릇이 아닌 경우는 업의 결과라고 할 수 있다.

선계출신이라 해도 본인이 금생의 노력을 게을리 한다면 영영 복귀가 불가한 경우가 발생하는 것은 수련에 든 이상 시험을 통과하여 승급해야 하는 의무를 다하지 못한 경우이다. 따라서 수련은 엄청난 혜택이자 그에 못지 않은 위험을 동반하는 것이다.

파계 중 상급 파계는 수련생에게 다시 선계로 복귀가 불가능한 마지막 통

보인 경우가 대부분이며, 하늘이 기운을 끊는다. 중급 파계는 한두 번의 기회를 더 주는 것이며, 하급 파계는 서너 번의 기회를 더 주는 것이다.

이상의 징계는 본인의 업력을 씻을 수 있는 더 이상 없는 좋은 기회가 될 수도 있으며, 그렇지 않을 경우 본인의 기존의 등급마저 저하시키는 최악의 사태가 될 수도 있다.

징계로서의 상급 파계는 수련 불가에 대한 최종 통고요, 중급 파계는 금생에 수련을 할 수 없을 수도 있음에 대한 경고가 되는 것이며, 하급 파계는 수련에 정진하도록 하는 촉구의 의미가 있는 것이다.

수련생의 경우 이 파계를 잘 이용하면 더 이상 없는 호기가 될 수 있는 것이나 그렇지 않을 경우 선계의 적(籍)을 박탈당할 최대의 위기인 것이다.

돈에 관한 공부 1

1. 사업실패에 관하여

본인의 주변에 아직 덜어지지 않은 때가 묻어있다. 이 때가 사업을 정확히 볼 수 있는 안목을 가리고 있어 문제가 되므로 실패의 원인이 되고 있다. 이 때가 덜어지고 나서야 어떠한 일을 하여도 본인의 목표에 근사치를 성취할 수 있게 될 것이다.

이 모든 것이 업과 판단의 착오로 인한 것이라고 생각하여야 하며, 사업에 대한 관(觀)을 바꾸어야 한다.

내가 돈을 벌고 이것을 사회를 위하여 사용하는 것이 아닌, 사회에 필요한 돈을 번다고 생각하되 이것을 행함에 있어 내 것을 버는 것보다 더욱 열심히 할 수 있어야 한다. 이런 마음가짐을 가지고 사업을 하되 사업을 수련같이, 수련을 사업같이 할 수 있어야 한다.

본인에게 붙어 있는 때는 본인도 모르는 때로서 수 생을 쌓여온 것이니 수련이 진전되면 보일 것이다. 당분간은 수련에 전념하여 마음의 걱정을 덜어내도록 하라.

끝이 안 보이는 지점이 바로 끝이다. 이 끝을 딛고 일어서야 다시 시작을 할 수 있을 것이다. 마음을 가라앉히는 것이 가장 중요한 일임을 명심하도록 하라.

2. 몸이 부실한 이유

어떠한 일에 전념하여 주력하다 보면 몸이 부실해지기 쉽다. 마음이 부실해지면 몸이 부실해지는 것은 금방이며, 몸이 부실해지면 마음 역시 부실해지는 것이다. 양자가 공히 부실해지지 않도록 노력하는 것이 수련생의 일이다.

마음이 굳건하다면 몸은 쉽게 나을 수 있으니 마음을 다잡고 모든 업을 헤쳐 나갈 수 있도록 하라. 모든 원인의 70%는 마음에서 나온다. 마음은 업의 때로 가리워져 있고 이 마음을 믿고 몸이 움직이니 부실해지지 않을 수가 없는 것이다.

마음을 알고 몸을 간수할 수 있도록 하라. 마음을 앎에는 단전이 가장 우선이다. 힘겨울 때일수록 단전에 모든 뜻을 두고 자신을 단전 속에서 발견하며 이 안에서 나의 역할을 가만히 생각해 보도록 할 것을 요한다.

3. 재기 방법

증권투자에 대한 미련이 바로 본래의 자신을 보는 일에서 장애가 되는 때 중의 하나이다.

이것처럼 허황된 것이 없으며, 하늘은 절대 허황된 것을 통하여 인간에게 복을 주는 법이 없다. 서서히 자신의 내부를 채워나갈 수 있는 꺼리(자아)를 찾아볼 수 있도록 하라.

급할수록 한 발자국 물리서서 생각할 수 있도록 하라.

*이상은 사업에 실패한 수련생에 대하여 알아본 내용입니다.

돈에 관한 공부 2

인간의 모든 인연 중 돈과의 인연이 가장 악연인 것이다. 인간이 돈에서 해방되면 돈이 따르는 것이요, 돈에 매이면 돈이 도망가는 것이다.

돈이란 결코 인간이 원한다고 하여 따르는 것이 아니요, 인간이 멀리하고자 한다고 하여 도망가는 것이 아니다. 때가 되면 버리고 싶어도 따르는 것이요, 때가 되지 않으면 가지고 싶어도 오지 않는 것이다.

돈은 다룰 수 없다면 인간이 가장 멀리하여야 할 가치이나 다룰 수 있다면 가장 가까이 하여야 할 가치인 것이다.

돈이 많다, 적다의 판단 역시 액수로 할 수 있는 것이 아니며, 나름대로 사람마다 기준이 따로 있는 것이다. 어떤 사람은 10만 원도 많은 것이며, 어떤 사람은 천하를 다 주어도 적은 것이다.

돈의 양은 일을 함에 필요한 만큼만 있으면 되는 것이요, 더 이상 있다면 인간에게 득이 되는 것이 아니라 반드시 폐를 끼치는 것이다. 사람들이 돈을 많이 번 것은 돈을 벌려함으로 인하여 벌려진 것보다 일을 열심히 함으로써 벌려진 것이 많다.

지금까지 나간 돈은 공부에 필요한 등록금이라고 생각할 수 있으며 버리는 공부를 함으로써 마음이 많이 가벼워지고 물욕에서 멀어진 것이 그것을 말해주는 것이다.

재산이 10분의 1로 줄어든 것은 이 나라의 모든 투자자들의 일이다. 0의 일만이 아니니 너무 괘념치 말 것을 요한다. 0년 후 돈이 따를 기회가 올 것이니 그때까지는 연구를 하여 특허 등 절차적인 문제를 완료한 후 시기를 보도록 하라.

현재는 국운이 지속적으로 가라앉는 시기이니 준비를 탄탄히 하고 때를 기다릴 것이며 그 때까지는 수련에만 전념토록 하라.

＊이상은 사업 실패로 부도를 낸 옛 수련 동료에 대한 천서입니다.

기를 느끼지 못하는 이유(허준 선인과의 대화)

– 수련생 중 OOO이 기(氣)를 느끼지 못한다고 호소하는데 어찌하면 좋겠는지요?

기를 느끼지 못하는 것이 아니라 본인이 스스로 감각을 놓침으로 인하여 그렇게 된 것입니다.

그렇게 된 원인은 전생과 금생에 지나치게 말초적인 감각만을 쫓은 결과 강렬한 자극이 아니면 못 느끼는 감각의 마비를 가져왔기 때문입니다. 허나 기를 느끼는 것은 추위와 더위, 맵고 쓴 것을 알 정도의 감각만 있으면 느낄 수 있는 것입니다. 본인이 기의 느낌을 특별히 별다른 강렬한 것으로 인식하려 함으로써 기를 느끼지 못한다고 생각하고 있는 것입니다.

평소 인간으로서 수십 년을 살아왔으면서도 기를 모른다는 것은 도저히 이해가 되지 않는 일이며, 기를 모르면 벌써 생을 마감하였을 것입니다. 뜨거운 것을 뜨거운 것으로 인식하지 못하고 차가운 것을 차가운 것으로 인식하지 못하였을 것이며 여름에 더운 것과 겨울에 추운 것을 구분하지 못함으로 인하여 인체에 다양한 손상을 입었을 것입니다.

그러나 현재까지 이러한 손상이 없이 인체를 간직해 온 것으로 보아 틀림없이 정상적인 기감(氣感)을 가진 사람으로 판단되는바 기감을 느끼지 못하는 것이 아니라 현재 느껴지고 있는 기감을 본인이 다른 것으로 생각함으로써 느끼지 못하는 것으로 인식하는 것에 문제가 있습니다.

0의 경우 평소 차고 더운 것을 느끼는 감각부터 되살리고 나서 다시 기감을 익히면 이 두 가지가 다른 것이 아니고 동일한 것임을 알게 될 것이며, 이후 수련이 잘 될 것입니다.

본인의 생각을 바꾸는 것만이 기감을 되찾을 수 있는 방법이 될 것입니다. 본인이 장심으로 차고 더운 기운을 느껴보는 훈련을 더 하고 나면 많은 진전이 있을 것입니다.

진전이란 다른 것이 아니라 바로 자신의 잃었던 기감을 되찾는 것이며 이러한 것은 평소 수련으로 가능한 부분이 많이 있습니다.

멈추지 않는 방랑벽

0의 경우 방랑벽이 있는 사람이다. 이러한 사람은 어디에서도 종착지를 찾지 못하는 것이 습(習)이라고 할 수 있다. 방랑은 타인이 보기에는 이상하게 보일 수 있으나 본인의 입장에서는 더없이 편안한 휴식이자 속세를 떠나는 방법으로서 일부 도인들이 즐겨 사용하던 속에서의 해탈 연습이기도 하였다. 일부러 방랑을 즐기는 사람도 있었으며 이 방랑으로 인하여 많은 것을 얻을 수 있기도 하였다.

방랑은 각지를 돌아다니며 다양한 경험을 쌓는 것으로서 두 가지가 있는바, 첫째는 본인이 목적을 알고 자진하여 하는 방랑으로서 여행이라고도 불리는 것이며, 둘째는 자신이 스스로 목적을 모르고 정처 없이 무엇인가를 찾아서 헤매는 것으로서 0의 경우와 같은 것이라고 할 수 있다.

정처 없이 떠도는 것 중 하나는 마음이 떠도는 것인데 이 경우는 몸이 한 곳에 머물러 있어도 방랑이라고 할 수 있다. 다른 하나는 몸이 떠도는 것인바 마음이 한 곳에 정해져 있다면 몸이 떠돌아도 방랑이라고 할 수 없는 것이다.

이러한 사람의 경우 방랑벽은 한편으로 자신을 버티게 만드는 저력 중의 하나이다. 이 사람은 방랑중 무의식적으로 끊임없는 자기 충전을 하며, 이 충전으로 인한 얻음이 방랑이 없는 기간을 살 양식이 된다.

스스로 원해서 하는 방랑은 그 목적을 취하는 대로 방랑을 멈추고 거처를 정할 수 있으나, 목적을 모르는 방랑은 방랑으로 끝나는 것이 아니라 어디에서도 잠시 머물 뿐 또 다른 방랑의 시작이 되는 것이며 이 시작은 반복되는 방랑으로 이어지게 된다.

조직 내에 한 사람의 방랑자가 있을 경우 다른 사람까지도 흔들리게 하는 역할을 할 수 있는바 이러한 사람은 신속히 마음을 잡아서 정상적인 공부의 길로 들어설 수 있도록 하여야 한다. 정상적인 공부의 길이라 함은 어떠한 일을 하든지 흔들림이 없이 가는 길을 말하는 것이다.

방랑의 원인은 스스로 채우지 못하는 자신의 내부를 채울 수 있는 무엇인가를 갈구하는 마음이며, 마음이 허한 사람이 자주 겪는 증상으로서 자신이 스스로 채우지 못하는 부분을 대신할 수 있는 그 무엇을 찾아내기 전에는 지속된다고 할 수 있다.

이러한 사람에 대한 교육 방법은 평소에 자신의 결점에 대한 확인을 하고 이 확인을 통하여 시정이 이루어짐으로써 습이 사라져야 하는바 이 시정이 없이 수련에 들었으므로 반드시 한 번은 방랑벽이 도지게 되어 있다.

방랑은 항상 재발 가능성이 농후한 것으로서 이러한 방랑습이 없어지지 않는 한 지속적으로 방랑을 하게 되며, 방랑을 대신 할 수 있는 다른 것을 찾아내기 전에는 고쳐지지 않는다.

금번의 방랑이 끝나면 연락이 올 것이며, 연락이 오지 않는다면 금생에는 인연이 없다고 할 수 있다. 특별히 연락을 하지 않고 놓아두는 것이 빨리 방랑을 마치고 수선재로 돌아올 수 있도록 도와주는 길이며 따라서 묵언의 기다림이 필요한 시점이다.

방랑을 멈출 수 있는 방법은 묵언 수련이며, 100일 내지 1,000일 간의 묵언이 특효약이라고 할 수 있다. 기간 내에 내부에 있는 자신의 실체를 찾아내는 즉시 치료가 가능할 것이다.

*이상은 방랑벽이 있는 한 수련생에 대하여 알아본 내용입니다.

한 수련생의 지도선인과의 대화

– OOO은 어떤 사람인지요?

선인(仙人)입니다.

쉽지 않은 길을 가고 있으나 아직 궤도에 이르지 못함으로 인하여 많은 시행착오를 하고 있다고 할 수 있습니다. 본래 하늘 기운을 알고 나면 그 다음이 인간의 기운을 아는 것이며, 인간의 기운을 알고 나면 모든 것을 알게 되는 것입니다. 그만큼 인간이란 어려운 것이며 만인만색인 것입니다.

0의 경우 인간을 너무 단순히 보므로 타인이 모두 자신과 같다고 생각하여 타인을 다룸에 오류를 범하고 있습니다. 가장 문제시되는 것은 타인과의 인간관계에서 발생하는바 이것은 자신의 입장에서 다른 사람을 생각하므로 발생하는 것입니다. 조직의 지도자는 항상 타인의 입장에서 모든 것을 생각해야 하며, 타인의 입장이란 그 조직의 가장 열등한 사람을 말하는 것입니다.

우수한 사람은 이야기하지 않아도 스스로 알아서 따라오며, 따라서 문제가 있을 수 없는 것입니다. 선생은 공부를 잘하는 학생을 위해서도 필요하지만 공부 못하는 학생을 위하여 더욱 필요한 까닭입니다.

공부란 스스로 자신을 찾아 나서는 일이며 이 일은 대충 해서 되는 일이 아닙니다. 모질게 자신을 학대하고 멀리 떨어져서 돌아보며, 다시 한 번 허물을 살펴 어디에 부족함이 없는지 확인하여야 하는 고달픈 작업입니다.

하지만 이러한 과정을 거치면서 인간의 허물을 벗고 신의 경지로 올라서게 되며, 이렇게 되기 위하여 인간으로서 힘겨운 모든 것을 겪어(이 과정을 해업이라고 한다.) 선인으로서의 기반을 다지는 것입니다.

0은 기운은 맑고 쓸 만큼 있으나 그 기운들이 나름대로 자리를 잡지 못하여 자신을 통제함에 어려움이 있습니다. 즉 수십 칸짜리 집을 지어놓았으나 아직 어느 방을 누가 쓸 것인가를 결정하지 못하고 있는 것과 같은 단계라고 할 수 있습니다.

잘 주워 모음으로 인하여 주변에 잡다한 것은 많으나 막상 쓰려면 쓸 것이 없는 것과 같은 형국입니다. 안방을 누가 쓰고 건넌방을 누가 쓰며, 뒷방에는 무엇을 보관할 것인가가 결정되지 않음으로써 항상 바쁘고 허둥

대며 일이 정리되지 않고 너저분한 것입니다.

따라서 기운이 풍부함에도 자신에 대하여 자신이 없으며 항상 누구에겐가 의지해야 마음이 놓이는 것입니다.

이러한 것을 타개하기 위해서는 무엇이 어디에 있어야 하는가를 항상 연구하고 필요한 곳에 필요한 것이 있도록 노력하면 점차 마음을 정리할 수 있을 것이며 이러한 과정을 거친 후에는 수련이 진일보한 것을 느낄 수 있을 것입니다.

수련이란 스스로 서는 작업이며, 스스로 서기 위하여 자신을 알고, 세우며, 키워 가는 것입니다. 수련의 시작은 바로 자신이며 끝도 자신인 것입니다. 이 자신은 자신의 내부에서 발견되는 것이며, 자신이 성장시켜 가는 것입니다.

선생은 다만 방법을 전수해줄 뿐이며 자신을 키워줄 수는 없는 것입니다. 항상 분별력을 키우고 자신의 내면을 정리하며 성장시킬 수 있도록 노력하는 것만이 자신을 구해줄 것입니다.

하늘의 사랑에 눈물 흘려본 사람은

〈수선재 회원님들께〉

매주 만나다가 격주로 만나다가 이제는 한 달에 한 번 만나게 되니 그리움이 더합니다. 그래서인지 이번 설 연휴중에 수선대에서 하룻밤이라도 지낸 분들에게는 빠짐없이 본인들에 관한 천서를 전달해 드렸습니다. 수선대를 고향이라고, 명절에 찾아갈 집이라고 여기는 분들이기에 어떤 선물이 가장 값진 것일까 생각했지요.

천서의 내용 중에는 더러 야단치는 말씀이 들어 있었지만 그것은 언제나 사랑의 다른 표현이라는 것을 눈치채셨는지요?

사랑!

하늘의 크신 사랑….

하늘의 사랑을 느껴 눈물을 흘려 본 사람은 겸손하지 않을 수 없습니다.

어떤 회원이 '하심하십시오.' 라는 인사의 말을 듣고 '하심은 우주를 향해 하는 것이지 사람에게는 안 한다.' 고 하셨다지요. 풀 한 포기, 나무 한 그루, 기어다니는 벌레 한 마리에게도 그 생명의 신비로움에 절로 머리가 숙여지지 않는 사람은 선계를 향해서도 하심할 수 없습니다. 하물며 소우주인 사람에게 머리가 숙여지지 않는다니요.

바보에게도, 어린아이에게도 종종 머리가 숙여지는 것이 수련생의 마음입니다. 자신이 지니지 못한 천진난만함을 지닌 분들 아닙니까? 동냥하는 거지는 또 어떤가요? 노숙하는 분들은 또 어떤지요? 자신으로서는 도저히 하지 못하는 행동을 하는 용기를 지닌 분들입니다. 어리석음은 있을망정 살려고 몸부림치는 분들입니다.

'하심'에는 대상이 없습니다. 대상이 있는 것은 계산이요 흥정이지, 겸손함이 아닌 것입니다.

선계의 수련 점수에 대하여 이의를 가지는 분이 계시다지요? 특히 수선재 사랑 점수가 턱없이 낮게 나왔다고 하셨답니다. 자나깨나 생각하는 것이 수선재이고, 짬나는 시간의 대부분을 수선재 일에 보내는데 어찌하여 70여 점밖에 안 나왔는지 모르겠다고요.

제가 도와드릴 수 없는 분이 바로 이런 분입니다. 어리석은 분은 도와드릴 수 있는데 의구심을 가지는 분은 도저히 방법이 없습니다. 바로 그런 의심 때문에 수선재 사랑은 그 수준에 머무는 것입니다.

저는 한 번도 하늘을 향해 따진 적이 없습니다. 의심 많던 제가 한 번도 선계를 의심해 본 적이 없습니다. 순종을 모르던 제가 한 번도 제 선생님의 말씀을 거역해 본 적이 없습니다.

제가 하는 것에 비하여 하늘의 사랑은 언제나 엄청나게 컸고, 선계의 기운, 천서의 말씀은 아무리 무딘 제 감각으로도, 머리로도, 가슴으로도 이론의 여지가 없었으니까요.

저는 제가 이 수련을 할 수 있었던 것을 당연하다고 여기지 않고 크신 은혜로 알았고, 훌륭하신 어머니를 둔 덕분이라고 여겼으며, 아직도 제가 선계출신이라는 것이 믿어지지 않을 정도로 저 자신에 대하여 늘 부족하며 송구스럽고, 특히 저를 믿고 의지하시는 선계에 대하여 잠을 이루지 못할 정도로 민망하며, 언제나 수련생 한 분 한 분을 생각할 때마다 너무 소중하여 밥맛이 없을 정도로 고심하고 있습니다.

하늘이 아직까지는 저에 대하여 실망하지 않고 기운을 퍼부어 주시는 것은 아마도 바로 이런 점들 때문이 아닌가 하여(그것밖에는 지닌 것이 없으므로) 이 아침에 회원님들께 편지를 띄웁니다.

새해에는 한 걸음 더 선계에 가까워지시기를 빌며….

5장
전생에서 이어지는 수련

수련생의 명부 중에서 타 수련생들이 공유할 수 있는 가르침이 들어 있는 몇 분에
한하여 내용을 공개하고자 합니다. 선계수련은 모든 과정이 필요하기 때문에 있
는 것입니다. 천기로 되어 있는 수련생의 전생이나 점수를 공개하는 것은 궁금증
을 풀어주기 위함이 아니라 그 속에 들어 있는 가르침을 취하라는 것입니다.

명부(命簿) 1… 가장 귀한 것을 찾아다니던 심마니

000

고려말 산삼을 캐던 심마니였다. 이 세상에서 귀한 것을 찾아 다른 사람에게 도움을 주고자 하였으며, 이러한 성성이 하늘에 닿아 수련에 인연이 된 것이다.

당시에도 산삼을 캐어 속(俗)의 부귀영화를 누리고자 함보다 이 세상에서 가장 값진 것을 구해보고자 하는 마음가짐으로 산중을 다녔으니 이 사람을 금수들도 보호하였다. 금생에는 더욱 귀한 것들을 많이 찾았으니 그것은 바로 사람의 생명을 구하는 직업(소방서 근무)을 가졌던 것이다.

인간으로 태어나 가장 값진 것이 사람의 목숨을 구하는 일인바 이중에서 더욱 값진 것은 선한 사람, 이 세상에 할 일이 남아있는 사람의 목숨을 구하는 일인 것이다.

본인이 큰 욕심이 없다. 큰 욕심이 없다는 것은 바로 가장 큰 것을 구하려는 큰 욕심일 수 있으며, 이 욕심은 바로 우주화를 원하는 것이라고 할 수 있다. 이러한 점은 속세의 기준으로 볼 때 결점으로 보일 수 있으니 속세의 기준으로 보아서도 자신이 능력 있는 사람으로 보이면서 수련을 할 수 있어야 한다는 것이다. 수련 인연은 현재 88% 정도로서 좋은 편이다.

현재 단계는 아직 어려움이 오기 전이니 자신을 단련시킴에 더욱 노력함이 좋다. 강하게 단련된 수련생은 그 자체로서 시험을 거치지 않고 단계에 오를 수 있다. 자신을 단련하는 방법은 바로 자신의 의지를 시험하는 모든 유혹으로부터 강할 수 있도록 노력하는 것이다.

이러한 방법 중의 하나는 매사를 객관적으로 보면서도 주관적인 생각을 할 수 있어야 하는 것이니 항상 모든 일을 한 발자국 물러서서 보는 습관을 들일 것을 요한다. 마음이 급한 면이 일부 있을 것이니 이것을 이기고 나서야 본격적인 호흡에 들 수 있을 것이다.

항상 호흡을 잊지 말고 나의 호흡이 모든 것을 해결해 줄 수 있는 열쇠임을 깨달아 호흡에 주력하도록 하라.

명부 2⋯ 선계에서 온 수련생

000

전전생에 부모의 덕으로 수련을 열심히 한 결과 선계에 입적하였으나 선계에서 업무 수행중 크게 잘못된 일을 서지름으로 인하어 −1등급으로 강등된 바 있다(잘난 척 하여 생긴 일). 금생에는 선계에 재입적을 시험받기 위해 나왔으나 근기가 모자라 속세의 유혹에 휩쓸리게 되었다.

본인의 노력 부족과 수련 부족으로 이미 수련으로 구제하기에는 시기적으로 늦은 감이 있다. 속의 유혹에 강력한 의지로 버팀은 수련생 제일의 덕목인바 본분을 잊음으로 인하여 못난 모습을 보이게 되었다.

선계출신은 선계출신임을 행동으로 증명하여야 하는바 말로 증명하여 기운이 떴으며 따라서 중심을 잃고 넘어진 것이라고 할 수 있다. 금생에 수련 기회를 놓치면 영원히 금수로서 생을 보낼 수밖에 없을 것이다.

선계출신이라고 영원히 선계출신이 아니며, 선계출신으로서의 본분을 다하지 못하면 그에 상응한 대접을 받을 수밖에 없음을 숙지하도록 하라.

현재는 보통의 인간만도 못한 상태에 있으나 본인이 깊이 뉘우치고 동료들에게 그동안의 결례에 대하여 진심으로 사과하고 열심히 수련에 임한다면 아직 마지막 기회가 있다고 할 수 있다. 허나 마지막 기회마저 길이 멀다고 할 수 있으니 가장 딱한 경우가 이러한 경우라고 할 수 있다.

수련 방법은 본인이 이제부터 1,000일 기도를 하는 방법밖에 없다. 1,000일 수련중 반성을 하루에 10회 이상 하면 혹시 방법이 있을지 모르나 현재의 상태로는 어렵다고 할 수 있다.

금번에 본래의 자리(-1등급)라도 찾지 못하면 앞으로는 영원히 기회가 없을 것이다.

* 다음은 최근 100일 금촉수련에 든 이분에 대한 천서입니다. 금촉수련은 모든 수련생에게 해당되는 수련이므로 마음가짐을 공유하기 위해 천서를 공개합니다. 참고하십시오.

1) 우선 다른 사람을 우습게 보지 말라. 나보다 못한 사람이 없다. 세상의 모든 것이 나보다 나으니 하찮은 것에 대하여 경의를 표하도록 하라. 모든 것이 우주와 관련되지 않은 것이 없다.

2) 자신의 부족한 점을 발견하려 애쓰도록 하라. 현재는 자신이 가장 부족한 사람이라고 생각하라. 부족한 점이 너무나 많다. 이 모든 것을 발견하여 정정할 수 있는 가장 좋은 방법이 수련인바 이번의 100일 수련으로 최소한의 부족한 점을 발견할 수 있어야 한다.

3) 금생에 지은 업을 찾아내서 지우고 전생의 업을 청산할 것(자각수련)을 요한다. 금생의 업이 너무 무겁다. 잡념을 제거하는 수련이 자신의 업을 비우는 수련이며, 이 수련이 종료된 후 자신을 없애는 수련(자신을 용광로에 넣어 태우는 수련)을 하도록 하라.

4) 자신을 없애는 수련을 한 후 본래의 자신을 찾을 것을 요한다. 수련중 명상 상태에서 찾아 내면 찾아질 것이다. 100일 수련이 그동안의 업보에 비하여 결코 긴 수련이 아니며 자신을 찾아 내기에 바쁠 수도 있다.

5) 자신을 찾아 낸 후 자신을 지킴에 유의하고 스승의 가르침을 다시 처음부터 새기도록 하라. (이제까지 나온 수선재의 책을 50번은 읽고 나올 것을 요한다.)

겉도는 수련으로는 결코 자신을 찾아낼 수 없다. 금번의 수련으로 자신을 찾을 실마리라도 발견하지 못하면 다음에는 1,000일 수련으로도 찾기 힘들다. 금번의 수련으로 자신의 모든 것을 내보일 수 있도록 하라.

* 선계가 주는 마지막 기회이므로 최선을 다하십시오.

명부 3··· 두 번의 전생이 있었으니

000

첫번째는 고려 중엽, 두번째는 조선 초 두 번 정도의 전생이 있었으며, 나무를 이용하여 무엇을 만들거나 농사를 짓고 글도 읽었다. 양반으로서 물려받은 일정한 정도의 농토로 인하여 삶이 궁핍하지는 않았다.

항상 살아가는 태도가 자신의 내부에 대하여 절반을, 외부에 대하여 절반을 할애하여 살아가는 편이므로 중립적인 위치에서 사물을 바라보았다. 철저히 중간의 입장에서 모든 것을 판단함으로써 이것도 저것도 아닌 상태이다.

이러한 상태를 수련으로 획득하였다면 상당한 고승이 될 수 있으나 수련으로 얻은 것이 아니므로 쓸 데가 없다. 수련으로 획득하였다면 수만 리를 돌아 목적지에 간 것이나 본인이 서 있는 자리가 타인의 목적지인 것과 같아, 마라톤 선수가 달려서 골인 지점에 간 것과 어떠한 관중이 원래 그 자리에 서 있던 것과 같은 차이가 나는 것이다.

따라서 얼핏 생각하면 도를 득한 것과 같은 생각을 할 수가 있으나 현재 있는 곳은 출발점이자 도착점일 뿐 자신이 거쳐야 할 길은 따로 있는 것이다. 목적지를 알고 있는 것이 장점이요, 다시 떠나야 함이 단점이라고 할 수 있다.

수련 인연은 아직 50%대이다. 앞으로 진도가 나갈수록 커질 것이다. 수련법은 내관법, 즉 매일 일정 시간의 묵언과 단전축기, 자성수련(자각수련) 즉 본인의 현재까지를 돌아보는 수련을 하는 것이 좋다. 일정 궤도에 오르면 스승에게 다시 문의하도록 하라.

직업은 아직 길이 잘 보이지 않으니 마음을 더 가라앉히고 살펴볼 것을 요한다. 결혼 역시 아직은 자신이 변해 나가는 과정에 있으며 앞으로 급변할 가능성이 있으니 당분간 괘념치 말고 수련에 정진하는 것이 좋다.

명부 4… 수련 인연 90%

OOO

조선 중엽 충남과 경북 인접 지역에서 상당한 재력을 갖춘 대가댁 안주인이었다. 당시로서는 여성들이 별로 특별한 직업을 가질 수 있는 조건이 아니었으므로 단순히 안주인이었으나 실제로는 인근의 경제에 상당한 영향을 미치는 인물이었다. 수많은 식구들을 거느리고 일을 하면서도 조금도 거침이 없고 능수 능란하여 주변 인물들의 존경을 받았다.

당시 친정에서 부모로부터 엄격한 가정교육을 받고 자랐으나 재산은 보통 수준이었다. 허나 재산이 있는 집안의 아들과 결혼하면서 그 재산을 더욱 늘렸다. 재산을 불림에 있어서도 남에게 피해를 전혀 주지 않아 인근의 칭송이 자자하였다.

그릇이 크고 일솜씨가 있어 어디에서든지 자신의 일을 잘 처리할 것이다. 자신의 능력을 전부 찾아내지 못하여 아직 미숙한 부분이 있을지 모르나 자신의 잠재력이 살아난다면 상당한 인물이 될 가능성을 가지고 있는 수련생이다.

묻혀서 나타나지 않는 본인의 능력을 개발할 수 있는 방법을 연구해 보는 것이 좋을 것이다. 잠재된 능력이 나타나지 않는 것이 단점이라고 할 수 있다.

수련 인연은 90% 이상이다. 수련을 하지 않았으면 자신이 누구인지, 무엇을 하고 살아야 하는지, 어디로 가야 하는지를 모르고 생을 마감하였을 것이다. 수련 시 외부를 보지 말고 자신의 내부를 보도록 하라. 자신의 내부에서 찾아낼 것이 더 많다.

호흡을 미미하게 하면서 기(氣)적 소모를 줄이고, 원래 나의 것이었으나 지금 모르고 있는 것을 찾아보도록 하라.

수련 전 도인법은 반드시 하여야 하며, 도인법을 하고 나서 호흡을 하면서 외부로 나가는 기운을 억제하고 자신의 기운이 자신의 내부(단전)로 들어간다고 생각하며 그 안에 무엇이 있는지 찾아보도록 하라. 무엇이 보이면 마음의 평정을 유지한 상태에서 스승에게 문의할 것을 요한다.

결혼에 대하여는 현재 어느 정도 본인의 마음에 두고 있는 사람이 있을 것이다. 본인의 경우 천생배필은 부드럽게 다가오는 인연으로서, 격정적으로 다가오는 것이 아님을 알라. 조금 더 있으면 때가 올 수 있다.

당분간은 자신을 찾아보는 일에 열중하도록 하라. 자신을 찾고 나면 배필을 찾는 것은 쉬운 일이다.

* 자신을 발견하면 더 이상 빠져들지 않은 상태에서 내게 문의하시고, 그 자리에서 자신의 일을 관조하며 그 과정을 전부 기록하십시오.

자신을 찾은 다음에는 전혀 다른 일이 나올 수 있으므로 지금의 일을 버리고 전적으로 수련만 하는 것을 권합니다. 허나 사정이 여의치 않다면 지금의 일은 슬슬 하는 상태에서 수련을 주력으로 하는 것이 자신의 발견에 더욱 도움이 되실 것입니다.

명부 5··· 하늘을 믿고 따르는 농군

OOO

1. 전생

고려 말 농군이었다. 별로 말이 없이 묵묵히 자신의 일을 하였으며 이러한 태도가 주변의 모범이 되었다. 당시 농사를 하면서 항상 마음이 태평하였으며 이러한 태평함은 본인이 마음의 중심을 잡고 있었기에 가능한 일이었다.

하늘 역시 이렇게 본인의 마음이 안정되어 하늘의 파장을 받아들일 수 있었음을 기특히 여겨 가까이 두려 한 것이 금생에 수련으로 연결되었다.

수선재의 수련생 중 농군출신이 많은 것은 당시에 직업이 다양하지 않아서가 아니라 선비 계층의 바로 아래에서 묵묵히 자신의 일을 하면서 하늘의 뜻을 알려 노력하고 이 뜻을 따르려 애쓰는 위치에 있기 때문이었다.

당시의 농사는 철저히 하늘의 뜻에 의해 이루어졌으며 따라서 가장 하늘을 믿고 따르는 사람들 역시 농업에 종사하는 사람들이었다. 이들은 백성들의 양식을 제공하는 역할을 맡고 있으면서도 하늘만을 따르고 하늘을 원망하지 않으며 열심히 일하였으니, 속(俗)의 가치로 따진다면 일견 귀해 보이지 않는다고 할 수 있는 면이 있으나 하늘의 입장에서 본다면 결코 미천하지도 무식하지도 않은 귀한 사람들이었던 것이다.

하늘이 정하는 인간의 값어치는 속의 기준으로 출세를 해야 높은 것이 아니고, 어느 위치에 있든 하늘의 뜻을 알고 그것을 실천하기 위하여 어떠한 일을 하였는가에 있다.

2. 어떤 사람인가?

언제든 자신의 몫을 할 것이다. 내면적인 강함이 본인을 지지하고 있으며 어떠한 조건에서든 주변을 실망시키는 일을 하지 않을 사람이다. 주변의 오해를 살 일이 있었다면 어떠한 사정이 있었을 것이며, 이 사정에 대하여 본인이 설명을 하지 않았을 뿐이다.

묵묵함으로 일관되어 별로 단점이 없다. 말이 없는 것이 단점이라면 단점이라고 할 수 있으나, 말이란 결코 많이 하는 것이 기력의 소모나 기타 다른 면으로도 좋은 것이 아님을 안다면 이것 역시 단점이라고 할 수 없을 것이다.

3. 직업

직업은 본인이 원하는 것을 먼저 알고 나서 하늘의 뜻을 물을 것을 요한다. 본인의 뜻이 정해지지 않으면 하늘 역시 도움을 줄 수 없다.

4. 결혼

결혼에 대해서는 수련생의 경우· 수련을 하면 할수록 결혼 시기가 늦어지는 경우가 있다. 이것 역시 수련으로 인한 변수 중의 하나이며, 수련으로 등급이 높아지면서 일어나는 현상이다.

수련 초기 초등학교 3학년이었으나 2~3년 간 수련을 하고 나서는 고3이나 그 이상의 수준이 되었는바 당시에 사귀던 초등학교 3학년 여학생이 그 상태 그대로 있는 한, 부부 간의 생각의 차이가 현실화하여 결코 행복하게 살 수 없는 결과가 나오는 경우가 왕왕 있는 까닭이다.

수련은 인간으로 있는 동안의 가장 큰 변수 중의 하나이며 자신의 운명을 바꾸고 이것을 현실화하는 방법인 까닭에, 시급히 서둘러야 할 필요성이 있지 않은 다음에는 자신의 수준에 적합한 배우자를 얻어 함께 향천하는 것이 가장 이상적인 까닭이다.

5. 입대중의 수련법에 관하여

입대중에는 자신의 의지대로 수련을 할 수 없는 경우가 있다. 이러한 경우에는 잠시 여유가 있을 때마다 단전을 의식하고 도인법을 하여 몸을 항상 풀어주면서 유연한 상태로 가는 것이 좋다.

호흡 역시 잠시라도 시간이 나는 대로 단전을 의식하고 함으로서 기력을 충전할 수 있도록 하라.

6. 앞으로 어떻게 살아가야 할지?

본인의 마음이 잡혀 있으니 어떠한 조건이 주어지든 잘 해 나갈 수 있을 것이다. 무엇을 하고 싶은가에 대한 생각을 먼저 잡도록 하라. 살아 나가는 것은 해결되나 어떻게 살아 나가는가 하는 것이 중요하다. 이 기준은 본인이 먼저 정하는 것이니 본인이 정하고 나서 하늘의 뜻을 물을 것을 요한다.

7. 부모와의 인연

보통이나 수련에는 양호한 인연이다. 속의 기준으로 아주 좋아 보이는 인연은 오히려 수련에는 적합치 않다. 적당히 정신적으로 긴장하고 신체와 정신을 단련시킬 수 있는 부모가 훌륭한 부모라고 할 수 있다.

이 부모를 통하여 수련으로 들었으니 이 이상 무엇을 더 바라겠는가?

명부 6··· 자연과 더불어 대화하던 나무꾼

000

1. 전생

신라 말 나무꾼이었다. 자연과 더불어 살면서 자연과 대화하는 법을
익혔다. 파장으로 익힌 것은 아니나 나름대로의 방법으로 자연과 더불
어 사는 법을 익혔던 적이 있어 수련으로 인연이 된 것이다.

수련이란 산중에서 도인의 뒷바라지를 하면서 수십 년을 어깨 너머로
지켜보아도 깨닫지 못하여 인연이 없는 경우가 있으나 인연이 되려면
아주 사소한 인연으로 수련을 할 수 있게 되기도 한다. 이 사소한 인연
이란 바로 하늘의 뜻이 존재함을 알고 하늘의 뜻을 지키려고 나름대로
고민을 한 것이 하늘의 뜻과 일치되어 하늘에 전달되었을 때이다.

0의 경우 전생에 평소 선하게 살면서 나무꾼이라는 직업에 대하여 생
명을 단절하는 직업이 아닌가 생각하였으며, 이러한 문제의 답을 깨친
바 있다.

2. 어떤 사람인가?

착하게 살아 별로 생각이 복잡하지 않은 사람이다. 타인이 볼 때 나름대로 고생을 많이 한 것으로 보일 수 있으나 고생이란 것은 본인의 관점에서 판단하는 것이므로 스스로는 전혀 고생이 되지 않고 만족스런 경우도 있는 것이다. 인간의 모든 것은 마음에서 우러나오는 것이므로 기본적인 바탕이 조성된 후의 고생은 고행으로서 정행(正行)에 다가가는 방법 중의 하나이다.

기본 체력이 완비된 사람의 경우 독약이 보약이 되기도 하나 허약한 사람은 독약이 독약이 되는 것과 같다. 마음이 편하고 세상을 해석하는 방법을 나름대로 터득하여 수련에 많은 발전이 있을 것이다.

3. 장단점

너무 유하면 할 수 있는 것을 놓치는 경우가 있으니 결정적인 순간에는 낚아챌 수 있는 태세를 갖추고 살아야 할 필요가 있다. 편하다 함은 곧 이완되어 있는 것이며, 이완된 상태가 즉시 힘을 발휘할 수 있는 준비태세로서의 이완이 아니라 그 자체가 이완으로서 끝난다면 그 이완은 의미가 없는 것이며 기회 포착에 실패할 확률이 가장 높다.

호랑이가 옆으로 누워서 가만히 실눈을 뜨고 있는 것 같아도 항상 십여 m를 뛸 수 있는 힘을 비축하고 있는 것과 마찬가지로 수련생들은 편안한 마음으로 수련을 하면서도 항시 자신에게 다가오는 시험을 순간적으로 풀어 정답을 내고 넘어갈 수 있는 만반의 준비를 하고 있어야 하는 것이다.

긴장 속의 평온이며, 평온 속의 긴장으로서 바로 도인의 길이다.

건강 역시 평소 자신의 몸을 보살피는 법을 익혀 잘 관리하는 것이 바로 하늘의 뜻이다. 몸은 자신의 현재까지의 업보가 그대로 나타나는 것으로서 자신의 환경이 바로 자신의 수련 과정을 그대로 나타내 주는 것이다. 금생은 전생의 결과이며, 내생은 금생의 결과이니 어찌 이 법리에서 벗어날 수 있겠는가?

벗어날 수 있는 방법은 수련밖에 없는 것이다.

너무 이완되지 않도록 함으로써 기회를 놓치지 않도록 하라.

4. 앞으로의 직업

수련 경과에 따라 선택이 달라질 수 있다. 현재 수련이 잘 진행되어 가고 있으니 본인이 진정 원하는 것을 찾아 보도록 하라. 본인의 선택 이후 하늘의 선택이 따르는 것이 진정 흔들리지 않는 길이다.

맑고 밝고 따뜻한 우주시대를 여는 책

이 책에는 우주의 정점인 선계로부터 파장을 통하여 내려온 천서(天書), 선계나 타 우주에 계신 선인(仙人), 우주인(氣人), 또는 지구의 지신(地神)과의 대화가 실려있으며, 선계수련 안내자이자 스승인 저자가 수련 지도 중에 수련생에게 보낸 글도 포함되어 있습니다.

이러한 하늘의 말씀, 즉 천서를 받을 수 있으려면 호흡수련을 통하여 파장이 극도로 고요해져서, 알파 파장에 도달하여야 합니다. 알파 파장은 1~10단계가 있는바 천서를 받을 수 있는 파장 대역(帶域)은 알파 1을 1,000으로 나누었을 때 가장 아래, 즉 만 분의 일의 알파 파장입니다.

이 책의 제목에 나오는 0.0001이라는 숫자는 이러한 알파 파장을 상징합니다. 또 한편으로는 흔히 말하는 채널링을 통한 교신과는 다른 차원에서 나온 것이라는 점을 명시하고자 했습니다.

간혹 천서가 채널링과 어떻게 다른가 하는 질문을 하는 독자가 계신데, 천서를 받기 위해서는 받는 사람이 천서의 근원인 우주본체, 즉 조물주의 수준에 도달해 있어야 합니다. 그렇지 않으면 자신의 의사와 관계없이 내려오는 내용을 수동적으로 수신할 수밖에 없으며, 받아도 무슨 내용인지 해독이 불가능한 것입니다.

지구 인류의 영성이 깨이는 후천시대를 앞두고 채널링을 하는 분이 많이 나오고 있습니다. 스스로 깨달았다고 하는 분도 많을 것입니다. 이분들은 모두 어떤 의미에서는 우주의 파장을 받고 있는 것입니다. 그러나 어느 수준과 연결되어 있느냐에 따라 그 내용에 있어 많은 차이가 있습니다. 이 책에 나오는 천서는 선계에서 직접 내려오는 글이기에 우주 창조 목적, 조물주의 실체 등 지구 역사상 어디에서도 접할 수 없었던 정보가 담겨있습니다.

이러한 천기에 해당하는 내용을 공개함에 앞서 두려움마저 느껴집니다. 그러나 이 일이 우리에게 허락된 사명이라 믿고, 모든 정성을 담아 이 책 『천서0.0001』을 세상에 내놓습니다.

이 책을 통하여, 알파 파장을 타고 본성(本性)에 이르는 머나먼 여행을 떠나보십시오.

파장으로 만나는 우주는 광물질로 이루어진 별이 있는 어두운 공간이 아니라, 형형색색의 별들이 자신들의 이야기를 풀어 놓는 생명의 바다입니다. 파장으로 전해오는 우주의 메시지는 맑고 밝고 따뜻한 희망을 담고 있습니다. 말세라고 여겨지는 지구의 근래 사건들에 대해서도 새로운 변화를 향한 출발이라고 이야기합니다. 이 책은 파장의 시대, 맑고 밝고 따뜻한 우주시대를 위한 영(靈)적 지침서입니다.

이 책을 접하신 여러분은 천수체(天壽體: 수련을 위해 지구에 태어난 영체)로서 선계수련(仙界修鍊)을 할 수 있는 인연이 있는 분입니다. 이 책을 통하여 많은 분들이 자신을 찾기 위한 수련의 길에 들게 되시기를 기원합니다.

* 책의 내용이나 수선재의 선계수련에 대하여 문의하고 싶으신 분은 02)765-0292, 019-201-5958로 연락주시기 바랍니다.

* 수선재 홈페이지: www.soosunjae.org